U0462164

国家出版基金项目
NATIONAL PUBLICATION FOUNDATION

★ 科学的天街丛书

砥砺出锋剑

丛书主编/陈 梅　陈仁政

本书编著/黎 渝

——科学睿智故事

四川科学技术出版社

图书在版编目（CIP）数据

砥砺出锋剑：科学睿智故事／黎渝编著. -- 成都：
四川科学技术出版社，2019.1（2024.12重印）

（科学的天街/陈梅　陈仁政主编）

ISBN 978-7-5364-9360-5

Ⅰ.①砥… Ⅱ.①黎… Ⅲ.①科学故事-作品集-中
国-当代 Ⅳ.①I247.81

中国版本图书馆 CIP 数据核字（2019）第 018934 号

砥砺出锋剑——科学睿智故事
DILI CHU FENGJIAN——KEXUE RUIZHI GUSHI

丛书主编　陈　梅　陈仁政

本书编著　黎　渝

出 品 人　程佳月
选题策划　肖　伊　陈敦和　郑　尧
责任编辑　王　娇
营销策划　程东宇　李　卫
封面设计　小月艺工坊
责任出版　欧晓春
出版发行　四川科学技术出版社

成品尺寸　160mm × 240mm
印　　张　14.75　字数200 千
印　　刷　天津旭丰源印刷有限公司
版　　次　2019 年 1 月第 1 版
印　　次　2024 年 12 月第 4 次印刷
定　　价　49.80 元
ISBN 978-7-5364-9360-5

邮购：成都市锦江区三色路 238 号新华之星 A 座 25 层　邮政编码：610023
电话：028-86361770

科学的天街丛书
编　委　会

目 录

"天狗吃太阳"和"天狗吃月亮"
——泰勒斯止战和祖冲之赴宴

"天昏地暗，日月无光。"在中国古典小说中，经常这样描述一场横尸遍野、血流成河的战争。这里说的"真战争"，除了黑夜，是"假无光"。

我们下面要讲的是一场"真战争"在"真无光"中结束的故事。

公元前612年，在今天伊朗西北部的美地亚王国和两河流域的迦勒底人联合攻占了在今天伊拉克北部的军事强国亚述（Assyria）的首都尼尼微（Nineveh）。接着，亚述被他们瓜分。

日全食

20来年以后，美地亚人向西扩充，遭到当时小亚细亚的昌地亚王国的顽强抵抗，双方在哈里斯河一带鏖战5年，不分胜负。对于战争的导火索，有一位贵族被害或一位公主被抢等几种说法。

这场杀得难分难解、横尸遍野、怨声载道的战争，处于"正在进行时"。此时，位于小亚细亚和爱琴海东部各岛的伊奥尼亚最繁华的都市米利都，有一个名叫泰勒斯（约公元前640—约前546）的人出来说话了。泰勒斯声称，太阳神发怒警告说："我反对战争，你们不要再打了！否则我在某日某时将不再发光。"

泰勒斯

果然，那一天两军正在酣战之时，突然太阳失辉，明星闪烁，百鸟归巢，万物肃静——一幅"返白昼为昏黄，混天地为大块"的天地奇观。

看见这一惊世骇俗的"天狗吃太阳"景象，双方将士大为惊恐，只好立即宣布停战和好。后来，"仇人"还变成了"亲家"——双方互通婚姻。一般认为，这次日食发生在公元前585年5月28日。

这就是泰勒斯巧妙地利用"迷信"——科学，来制止迷信"太阳神"的双方血战的故事。

那么，泰勒斯凭什么知道"太阳神"要"发怒"呢？多数人认为，他大概是根据迦勒底人（Chaldean）发现的沙罗周期（Saros）来算出这次日食的时间的。

1个沙罗周期，等于223个朔望月，即6 585.321 124天或18年零11天（如果其间有5个闰年则是18年零10天）。日食必定发生在朔日，假如某个朔日有日食，那么18年零11（或10）天之后，日食就很可能和我们"再次约会"。泰勒斯可能知道公元前603年5月18日有日食，因而侥幸猜对了。

为什么说泰勒斯"侥幸猜对了"呢？因为1个沙罗周期之后，日月的位置只是近似相同，所以能看到日食的地点和"食象"都会改变，甚至不发生日食。不过，这并不影响他"科学地预测了这次日食的"这个结论。

在中国，也有一个"泰勒斯"，他就是著名的南北朝时期的科学家祖冲之（429—500）。

祖冲之

公元459年夏历9月15日晚，都城建康（今南京）沐浴在银白色的月光之中。离皇宫不远的地方有一座官府，它的主人——南朝宋权臣戴法兴（414—465）当晚要举行生日大庆典礼。祖冲之也应邀赴宴。

正当乐师奏歌，少女起舞，宾主举杯祝寿的时候，一位仆人慌慌张张地冲了进来，悄悄给戴法兴耳语："老爷，不好了，街上传说今晚天狗要吃月亮……"

戴法兴一听，脸色"刷"的一下子变得铁青，酒杯从手中掉到地板上砸个粉碎。

戴法兴的夫人走到窗前，抬头看了看天空，依然圆月高照，万里无云，就转过身来骂仆人："胡说八道，今天老爷大寿，你怎么说出这种不吉利的胡话来！"还"啪"的给了他一个耳光。

"奴才不敢胡说，外面墙上贴有告示。"仆人慌忙跪下辩解。

此时，歌停舞罢，堂内一片沉寂。

原来，古人以为出现日食（"天狗吃太阳"）或月食（"天狗吃月亮"）是凶兆，大寿庆典的时候说有月食，戴法兴认为一定是有仇人和他作对，表示要追究。

这时，祖冲之离座而起，微笑着说："大人不用追究，告示是在下所贴……阳光被地球挡住而照不到月亮，就成了月食。今天正好是十五，所以……"

"哼！为何月月有十五，却不是月月有月食？"戴法兴不等祖冲之把话说完就不满了。

"这是由于月亮绕地球转的轨道与地球绕太阳转的轨道通常不在同一个平面内，只有既是十五，又恰逢这两个轨道在同一平面上，而且日、地、月在同一直线上，才出现月食。"

正在谈话的时候，忽然楼下有人惊呼："天狗吃月亮了！"……

还有一则哥伦布（约1451—1506）巧用"天狗吃月亮"拯救自己和同伴的故事。

1502年5月11日，哥伦布从加的斯港出发第4次远航。1504年4月，他和随从被加勒比人困在牙买加。哥伦布算定这一年的5月1日夜将有月食，就对加勒比人说："如果你们不给食物，我就把月亮赶走，不给你们月光。"当这天晚上月食刚开始的时候，加勒比人就投降了，还随即奉上

哥伦布

了丰盛的美味佳肴，请他还回月光。过了一会儿，哥伦布果然"还回了月光"。从此，加勒比人把他当作神明，不敢加害。

中国是最早记录日食和月食的国家。《尚书·胤征》所记载公元前2137年前后、殷商甲骨文所记载公元前1217年5月26日的日食记事，是世界公认的日食记录。殷商甲骨文所记载公元前14—前13世纪、《逸周书》所记载公元前1137年1月29日的月食记事，是世界公认的月食记录。

大圆圈和小圆圈
——芝诺的"知道"和"不知道"

"老师，您的知识比我们多许多倍，您回答的问题又十分正确，可是您为什么对自己的解答总是有疑问呢?"一次，古希腊哲学家芝诺（约公元前490—前430）的学生这样问他。

芝诺没有立即回答，而是先用手在桌子上画了两个圆圈——大小各一个。这时他才回答说："大圆圈的面积是我的知识，小圆圈的面积是你们的知识，这说明我的知识比你们的多，但是，这两个圆圈的外面，就是你们和我无知的部分，大圆圈的周长比小圆圈的长；因此我接触到的无知

芝诺

的范围比你们的多。这就是我为什么常常怀疑自己的知识的原因。"

芝诺的这段睿智的话，实际上考虑了如下的问题。

第一个问题。许多人认为，"知道得越多，不知道的就越少"。其实，这个观点似是而非。为什么呢?

人类的知识总量不是一个"确定值"，而是"无穷大"。用意大利哲学家斯宾诺莎（1632—1677）的话来说，就是"自然是无限的并在其中统摄了一切"。中国也有"学到老，学不了"的谚语。事实上，古今中外，没有任何一个人能全部掌握这"无穷大"的知识，而只能掌握其中微不足道的一小部分——这叫"无穷小"。从"无穷大数学"

中我们知道，"无穷大"减去大一点的"无穷小"之后，并不一定比"无穷大"减去小一点的"无穷小"之后更小，而是相等。这就从数学的角度严格地证明了"知道得越多，不知道的就越少"的错误。

第二个问题。我们还可以从一些人的实际"感受"的角度来说明上述错误观点。

"知道得多"的人，往往就能像芝诺那样看到"外面的世界更精彩"，感觉到自己的"很无奈"，而"满壶水全不响"；"知道得少"的人，只知道"这里的世界很无奈"，感觉不到外面的"更精彩"，而"半壶水响叮当"。由此可见，"知道得越多，不知道的就越少"的观点是完全错误的。

芝诺通过形象的图形，阐明了"知道得越多，不知道的就越多"的真理——也是很深刻的哲理，

斯宾诺莎

进而回答了"总是怀疑自己"的原因。这种阐明和回答，恐怕只有他这种大智大慧的哲人才做得出来。有这种大智慧的还有爱因斯坦。爱因斯坦曾在荣誉面前谦逊地说："如果用一个圆圈代表我学到的知识，那么圆圈之外那么多的空白，对我来说，就意味着无知。"

芝诺能在人们习以为常的现象中敏锐地看到隐藏的逻辑矛盾，以至于在历经 2 000 多年风雨之后，依然流传着著名的"芝诺悖论"，确实是一个大智大慧的哲人。

因为"芝诺悖论"使当时的数学家们感到困惑和震动，在数学发展中产生过深刻的影响，所以不少文献也把芝诺称为数学家。

关于"知道"和"不知道"，这里还有一个充满哲理的睿智故事。

著名科学家杜威尔对待科学非常严肃，在回答各种科学问题的时候，是就是，非就非；对于自己还没有彻底弄清楚的问题他常常只说一句话："我不知道。"

"是国王付给你津贴叫你这样回答的吧?"由于杜威尔常常说"我不知道",于是有人就这样对他开玩笑。

"他付的是我知道的那一部分的津贴,我所不知道的太多了,要是他想付给我不知道那一部分的津贴,就是这个国家的财宝全给我也是不够的。"杜威尔回答说。

丢番图的生平这样揭谜
——碑文就是数学题

我们知道，欧几里得是一位在数学史上光芒四射的古希腊大数学家——他的《几何原本》所建立的逻辑体系为后人争相仿效，这本书的主要内容至今仍是中学平面几何课本的主体。

鲜为人知的是，在古希腊的亚历山大里亚，还有这样一位著名的数学家，他的大作的影响可以和《几何原本》一比高下。

这位数学家就是丢番图，他的影响很大的著作就是《算术》。可是，任何史籍上都没有明确记载丢番图的生平，这使人们伤透了脑筋。不过，一本诗文选的记载使问题有了转机。

"丢番图长眠于此，

多么令人惊讶。

倘若你会碑文中的数学题，

就会揭开丢番图生平的奥秘。

上帝赐予他的童年，

是他生命的1/6。

再过了生命的1/12，

他长出了胡须。

又过了生命的1/7，

他点燃了婚礼的烛炬。

5年之后，

老天赐给他第一个儿子。

可怜这迟到的宁馨儿啊，

生命只有老爸的一半就魂归故里！

这悲伤的父亲哟，

只有在数学中寻求慰藉。

又是 4 年过去，

他终于结束了自己。"

这诗一样的丢番图墓碑铭文，是一道数学题，解答之后，就知道丢番图的生平。

当然，假设丢番图的高寿是 x，就可以通过解方程

$$\frac{x}{6} + \frac{x}{12} + \frac{x}{7} + 5 + \frac{x}{2} + 4 = x$$

得到答案：他活了 84 岁。

感谢《希腊诗文选》（*The Greek anthology*）上述睿智有趣的记载：数学家的生平就要用"数学"来揭谜。

碑文的图形或文字中记载着"奥秘"

可是，丢番图生在何年，死在何年，却依然是一个谜。这样，数学史家们只好从一些资料推断，他活动在公元前 250 年前后。

在数学上，丢番图在多角数、不定方程等方面，都有重要贡献。

狄德罗悄然回国
——欧拉智"证""上帝存在"

1773 年的一天，一个瑞士人加上一个法国人和一个俄国人，在俄国彼得堡的皇宫里上演了"精彩"的一幕。

这个瑞士人是我们熟悉的瑞士数学家欧拉（1707—1783）。他是在 1766 年应俄国新女皇（1762—1796 在位）叶卡捷琳娜二世（1729—1796）之邀，重返彼得堡的——此前欧拉曾应俄国女皇（1725—1727 在位）叶卡捷琳娜一世（1684—1727）之邀，赴彼得堡科学院工作。

欧拉

这个法国人叫丹尼·狄德罗（1713—1784），他是一位当时享誉欧洲的思想家、文学家和哲学家，主编了著名的 20 卷本的《百科全书》。

也是 1773 年，也是应俄国女皇叶卡捷琳娜二世兴致勃勃的邀请，狄德罗抱着对推行开明政治的幻想，访问了她的皇宫。

开头所说的"一个俄国人"，不说大家都猜得出——叶卡捷琳娜二世。

狄德罗试图通过"说服"使朝臣改信无神论，来证明他是值得被邀请的。

狄德罗

对此，此时的女皇厌倦了——她知道自己踢进了一个"乌龙球"，于是命令欧拉去让这位哲学家"闭嘴"。

随后，狄德罗被告知，一个有学问的数学家用代数证明了上帝的存在，要是他想听的话，这位数学家将当着所有朝臣的面给出这个证明。

狄德罗高兴地接受了挑战。

第二天，在女皇的宫廷上，欧拉朝狄德罗走去，用一种非常肯定的语调一本正经地说："先生，$\dfrac{a+b^n}{n}=x$，因此上帝存在。请回答！"

对狄德罗来说，这听起来好像有点道理，他困惑得不知所措——说什么，或者不说什么都不好。周围的人霎时报以纵声大笑，使可怜的狄德罗觉得受了羞辱，无地自容。

"偷鸡不着蚀把米"的狄德罗，只好请求女皇答应他立即返回法国，女皇神态自若地答应了。

就这样，一个伟大的数学家用欺骗的手段，机智地"战胜"了一个伟大的哲学家，也为叶卡捷琳娜二世"自摆乌龙"，挽回了一点面子。

平心而论，叶卡捷琳娜二世和欧拉有点过分了。让一个被邀请的客人受此无地自容的羞辱，又何忍哉！

大仲马

"要在这个世界上求生存，只做一个诚实的人是不够的。"要是狄德罗早知道一个世纪以后他的同胞、作家大仲马（1802—1870）的这句话就好了。

高斯"胜过"欧拉
——用新方法不会"算瞎眼睛"

1801 年 1 月 1 日夜，意大利西西里岛巴勒莫天文台台长皮亚齐（1746—1826）把天文望远镜对准了金牛星座方向的星空。突然，他发现一个陌生的暗弱星点——后来命名为谷神星；但是，从此以后，他和其他人再也没有观察到它，于是质疑声四起。

几个月以后，德国数学家高斯上阵了。他没有用眼睛，而是用笔只花了 1 小时就求得了那个"暗弱星点"的运行轨道。

1801 年 12 月 7 日夜，德国著名天文学家、当时德国最著名的天文台——塞堡（Seeberg）天文台的台长察赫（F. Zach），在高斯计算的位置上重新看到了谷神星——第一颗被证实的最大的小行星。

欧拉

在此之前，瑞士数学家欧拉（1707—1783）为了算得类似的结果，却用了 3 天时间，以致把眼睛都算瞎了。

当有人和高斯谈到这件事的时候，高斯不无得意地耸了耸肩膀，说："一切都不用奇怪，如果我不改变计算方法的话，我的眼睛也要算瞎的。"

"改变计算方法"，体现出高斯的智慧。

计算同一个问题，欧拉用了 3 天，高斯只用了 1 小时，是不是能说明高斯比欧拉更"高明"呢？

不能。

因为欧拉出生整整比高斯早了 60 年——他们不是同一个时代的人。对不同时代的人做比较，是困难的。

实际上，高斯的睿智，正是"站在"包括欧拉在内的许多"巨人的肩膀上"的。

那么，又能不能说高斯抬高了自己，贬低了欧拉呢?

也不能。

事实上，高斯非常赞赏欧拉，例如，他曾经说过："研究欧拉的著作永远是了解数学的最好方法。"他所说的"一切都不用奇怪……"不过是想说明计算方法的重要性而已。

拉普拉斯在《宇宙体系论》中说："认识一种天才的研究方法，对于科学的进步……并不比发现本身更少作用。"可见先进的科学方法的确非常重要。英国物理学家、科学史家、科学学的创始人贝尔纳（1901—1971）说："良好的方法能使我们更好地发挥运用天赋的才能，而拙劣的方法则可能阻碍才能的发挥。"

当然，欧拉 3 天时间就把眼睛算瞎了的说法，也不太符合实际情况。如果不是"突变"的话，视力减退以致失明是一个"渐变"的过程。

事实是，在 1735 年，为了制定一种定时制度，28 岁的欧拉长期观测太阳，积劳成疾，右眼失明。1766 年，欧拉又应俄国新女皇叶卡捷琳娜二世之邀，重返彼得堡。不久，他的左眼也失明了。由此可见，欧拉眼睛失明，是长期痴迷数学研究的结果。

借得"天火"到人间
——高斯巧断棉线

19 世纪初，在德国流行着一道难题：不打开封闭的玻璃瓶，把其中的棉线烧断。许多人在进行了各种尝试之后，都铩羽而归。

著名的德国数学家高斯听到这个消息之后，也去一试。

"就这样，"高斯说，"请耐心等一等。"他拿来了一个老花眼镜，对着太阳，让阳光聚焦后的亮点对准封闭在玻璃瓶中的棉线。

高斯

一分钟过去了，两分钟过去了……

突然，一缕青烟在亮点处升起……

棉线被烧断了。

当然，对我们现代人来说，高斯借"天火"智断棉线并没有什么了不起——老花眼镜是一个凸透镜即放大镜，它聚光之后在焦点处的高温达到了棉线的燃点，但是，先贤们对凸透镜的具体认识却经历了漫长的道路，以致有人还交了数日不小的"学费"。

1649 年的一天，意大利的几位科学家用放大镜把聚焦的阳光投向钻石，不久之后就冒出了一缕青烟。接着，钻石在青烟中消失得无影无踪，他们被惊得目瞪口呆。

1772 年，法国拉瓦锡（1743—1794）等几位化学家合伙买了一枚钻石。他们把它放在水银槽上方的玻璃罩内用放大镜聚光加热，不久，钻石也化作青烟一缕。

1813 年秋，英国化学家戴维（1778—1829）偕夫人，携他的助手英国科学家法拉第（1791—1867）游欧洲抵达意大利时，托斯卡纳大公爵的一枚名贵钻戒，在戴维放大镜聚集的阳光下魔术般地灰飞烟灭。

高斯之所以能巧断棉线，是因为他还是一个物理学家，懂得凸透镜聚光的原理。

"命中注定"只能单身
——罗巴切夫斯基智答洪堡

在德国柏林建于 1742 年的世界著名的国家歌剧院对面，有一座同样著名的柏林洪堡大学——原名腓特烈·威廉大学或柏林大学。

我们的故事就从柏林洪堡大学——"现代大学之母"开始。

当初的柏林大学，是弗里德里希·威廉·克里斯蒂安·卡尔·费迪南·冯·洪堡（1767—1835）在担任普鲁士教育大臣的时候，和他的弟弟弗里德里希·威廉·海因里希·亚历山大·冯·洪堡（1769—1859）于 1809 年创办的，1810 年 10 月正式开学。1949 年，人们以他俩的名字命

柏林洪堡大学内的弗里德里希·威廉·海因里希·亚历山大·冯·洪堡的塑像

名，改称柏林洪堡大学，以纪念兄弟俩在学术上的丰功伟绩。

从不搞什么"周年校庆"和宣扬自己是世界名校的柏林洪堡大学，截至 2019 年 4 月，培养出的诺贝尔奖得主有 55 人，黑格尔、马克思、爱因斯坦都曾在这里学习或工作过……

"没有洪堡大学就没有光辉灿烂的德意志文明。"有人这样说。

弗里德里希·威廉·海因里希·亚历山大·冯·洪堡是德国杰出的自然学家和旅行家，近代地理学的奠基人之一，被一些人称为"现代科学之父"。

1829 年，这位洪堡应沙皇的邀请对俄国的西伯利亚等地进行科学

考察。他在到达喀山的时候，拜访了俄国数学家罗巴切夫斯基（1792—1856）。他问罗巴切夫斯基："为什么您只研究数学呢？据说您对矿物学造诣很深，您对植物学也很精通啊！"

罗巴切夫斯基

"是的，我很喜欢植物学，"罗巴切夫斯基回答说，"将来等我结了婚，我一定搞一个温室……"

"那您就赶快结婚吧。"

"可是恰恰与愿望相反，植物学和矿物学的业余爱好使我终生只能是单身汉了。"罗巴切夫斯基"悲观"而睿智地回答。

罗巴切夫斯基是非欧几何学的创立者之一。他于1826年2月23日在喀山大学物理－数学系学术会议上，宣读了论文《几何学原理与平行线定理严格证明的简要叙述》。这一天，被学术界公认为非欧几何学的诞生之日。

不过，罗巴切夫斯基最后还是没有"履行诺言"——他在说了"终生只能是单身汉"之后3年内，就在1832年和贵族小姐瓦尔瓦拉·阿列克谢耶夫娜·莫依谢耶瓦（Varvara Alexeyevna Moiseyeva）喜结连理。

生子、大作与浪子
——如此"惜墨如金"

老岳父想要外孙，等了好久了。

一天，这位老岳父突然收到一封信。他打开一看，上面只有一个简单的等式："$2+1=3$"。

狄利克雷

"啊，明白了，"老岳父自言自语，"生了一个。"

信虽然简单，但这个"泰山大人"也理解：女婿是个数学家，用"三个字不离本行"的简洁"数学语言"来说话，也很巧妙。

这个写信的女婿，就是德国数学家狄利克雷（1805—1859）。当他的第一个孩子出生的时候，就写了一封这样的信。

狄利克雷在数学上的贡献涉及数学的各个方面，其中以数论、分析学和位势论方面的成就尤为卓著。

像狄利克雷这样"惜墨如金"的，还有与他同时代的法国大作家维克多·雨果（1802—1885）。

1861 年 5 月，一部长篇小说完成。它是雨果从 1840 年开始策划，1845 年开始写作，历经 16 年才完成的。

小说脱稿以后，雨果就把它寄往布鲁塞尔的一家出版社，但是几个星期之后，毫无消息。

忐忑不安的雨果决定写信"打探军情"。

雨果思忖片刻之后，提笔给出版社的编辑写了这样的一封信："？——雨果。"

出版社的编辑拆阅之后，心领神会，当即给雨果写了回信："！——编辑。"

1862 年，惊世大作《悲惨世界》横空出世。

人说名家"惜墨如金"，这个说法一点不假。

雨果

《悲惨世界》洋洋大观，雨果一点也没有"惜墨"，可写信的时候，却"惜墨"得只用一个标点符号——"？"。该"着墨"时且"着墨"，该"惜墨"时且"惜墨"，这就是雨果的睿智。

这个"标点符号的对话"故事之所以流传至今，被人们津津乐道，还离不开同样睿智的编辑的"灵犀一点通"——"！"表达的主要意思是"叹为观止"。

"标点符号的对话"故事，还发生在一位心理学家和一位自暴自弃的青年身上。

《悲惨世界》插图

美国著名社会心理学家巴尔肯在一次宴会上提议，每人用最简洁的语言写出一篇"自传"，行文用句要简短到甚至可以作为死后刻在墓碑上的墓志铭。

在场的人冥思苦想，提笔作文。

不久，一位年轻人交给巴尔肯一篇只有三个标点符号的自传：一个破折号"——"，一个感叹号"！"和一个句号"。"。

巴尔肯问他这三个标点符号表示什么意思，年轻人回答道："一阵横冲直撞，落了个伤心自叹，到头来只好完蛋。"

巴尔肯望着那位神色凄然的年轻人，沉思了片刻，提笔在这篇"自传"的下边又写了三个标点符号：一个逗号"，"，一个省略号

"……"和一个大问号"？"。

巴尔肯用鼓励的口吻对那位自暴自弃的青年说："青年时期只是人生的一个小站，道路漫长却希望无边，岂不闻'浪子回头金不换'？"

我真的死了吗

——"实话实说"和"反唇相讥"

"美国苹果公司首席执行官史蒂夫·乔布斯逝世了……"2008年8月27日，美国彭博新闻社在播发的一篇讣告中说。不过，在发现"逝世"消息失实的当天，彭博社就立即撤销了讣告。对此，英国《泰晤士报》网站调侃说，乔布斯在思考如何让世人铭记自己时也许没有想到，他无意中成了曾被错误报道逝世事件大人物中的一员。

活人"被死亡"并非只有这一次。

1904年，一本名叫《数学家的历书》的书中说：德国数学家戴德金（1831—1916）已经在1891年9月4日死去。

由于这个原因，戴德金写的相当有名的著作《无理数论》出版的时候，很多人都认为他已经去世。

戴德金看见《数学家的历书》以后，觉得很有趣，就给编辑去了封信。信中说："这个历书说我在1891年9月4日死了，以后可能要重新公布我死亡的正确日期。我确实不是那一年死的。据我回忆，1891年9月4日，我还很健壮。在那天，

戴德金

我宴请尊敬的乔治·康托尔，席间我们曾愉快地讨论过《体系和理论》的有关话题。"

戴德金在这里提到的乔治·康托尔（1845—1918），也是一位德国数学家，他以创立集合论闻名于世。

戴德金一生独身，与身为小说家的二姐尤莉住在一起。尤莉活了80多岁才于1914年死去。戴德金也很长寿，85岁时才与世长辞。

戴德金是实数理论的创始人之一，也是格论的创始人。如果要使直线变化，比如用一把刀切这条直线，那么无论刀刃多尖锐，在刀口上总有某种类型的实数。这种切断叫"戴德金切断"。戴德金的名著还有分别在1872年和1888年出版的《连续性和无理数》与《数的意义》等。

对于误报死期，戴德金能"实话实说"，坦然面对，而另一位数学家——英国的罗素（1872—1970），在面对误报他死去的消息的记者，就没有那么"宽宏大量"了。

罗素

1920年，罗素来中国后，生了一场大病。病好后，他拒绝任何记者的采访。一家对此很不满的日本报纸就谎登了他已经死去的消息；而且，经过交涉，这家报纸仍不收回这个消息。

事实上，长寿的罗素活了98岁，到半个世纪以后的1970年才魂归故里。

罗素取道日本回国的时候，这家报纸又想采访他。"反唇相讥"的时候到了。

接受采访的时间已到，可仍不见罗素的影子。这时，罗素的秘书给每个记者分发了事前印好的纸条，上面写着："罗素先生已死，无法接受采访。"

罗素在数学和哲学上都有许多重大贡献。著名的"罗素悖论"，就是他发现的，也用他的名字命名。

面对被"宣布死亡"而"实话实说"的戴德金，或者"以其人之道还治其人之身"的罗素，都表现出睿智。当然，除了数学家，还有其他的"家"也如此。英国作家拉迪亚德·吉卜林（1865—1936），就是其中的一个。

吉卜林是 1907 年诺贝尔文学奖的唯一得主，他在看到自己订阅的一份报纸报道他逝世的消息之后，就给编辑写信说："我刚得到我去世的消息，请别忘了把拉迪亚德·吉卜林的名字从你们的订户名册上删去。"

吉卜林的不满，看来要比罗素表现得含蓄幽默一些。

和吉卜林同样幽默睿智的，还有美国作家马克·吐温（1835—1910）。

"愚人节"这天，有人为了戏弄马克·吐温，在纽约的一家报纸上报道说他死了。马克·吐温的亲戚朋友看了报道之后，从全国各地纷纷前来吊丧。

当他们来到马克·吐温家的时候，只见他正坐在桌子前写作。亲戚朋友们先是一惊，接着都齐声愤怒谴责那家造谣的报纸。

可是，马克·吐温却毫无怒色，幽默地说："报道我死是千真万确的，只不过把日期提前了一些罢了。"

同样诙谐睿智的还有爱尔兰作家萧伯纳（1856—1950）。

萧伯纳 70 岁生日那天，英国许多报纸登了他的照片，他看见后却说："我早晨起来，一见这报纸上有我的照片，倒以为我死了。"

对待死亡，许多科学家都很坦然。英国博物学家赫胥黎（1825—1895）在年轻的时候，就曾经开玩笑说："所有到了 60 岁的科学家，都应该自杀！"而他在 60 岁毅然辞去英国皇家学会会长职务，以便让位于更年轻的科学家的时候，更是语出惊人地对全体会员说："我的理智和良心已经向我指出，我已经无法完成会长职位的各项重大任务，所以我一分钟也不能再干下去了。"讲完之后，他又用一种沉重的口气对身边的朋友们说："我刚刚宣读了我去世的讣告。"

只为出国求学问
——索菲娅假婚"骗"护照

酷爱数学的索菲娅·瓦西里耶维娜·柯瓦列夫斯卡娅（1850—1891，以下称索菲娅）真是"生不逢时"——沙俄时代彼得堡所有大学的大门，对青年女子一律关闭。

索菲娅的父亲不得不请斯特朗诺留勃斯基来当索菲娅的私人教师。

索菲娅

1867年，以斯塔索娃为首的几名女青年组织包括索菲娅在内的400多人签名，请愿开设女子大学，但沙皇政府置之不理。索菲娅还请俄国大数学家切比雪夫（1821—1894）设法让她进入彼得堡大学，但也无济于事。切比雪夫甚至慑于当局和大学内歧视妇女的保守分子的压力，没敢让索菲娅听他的课。

这样，索菲娅只好选择西欧像瑞士苏黎世大学、德国海德堡大学这样少数几所收女生的大学，去喝"洋墨水"。可是，政治上保守的父亲反对女儿出国留学，而未婚女子没有家庭的同意是不能"远走高飞"的。

怎么办？为了摆脱家庭控制，索菲娅"计上心头"：和莫斯科大学古生物系的柯瓦列夫斯基假结婚。这样，"妻子"就不再受家庭约束而可出国了，并且还可以带上自己的姐妹。

1868年10月，两人举行了假婚礼。索菲娅终于"骗"得了护照，在 1869 年春走出了国门。

索菲娅在 1869 年进入德国海德堡大学学习，在海德堡大学学业未完的时候，就在 1870 年 8 月去了柏林。

柏林大学也歧视妇女，无意为她破例。不过，"精诚所至，金石为开"，索菲娅的执着感动了柏林大学的校长、德国数学家魏尔斯特拉斯（1815—1897），他单独为她授了 4 年的课。

魏尔斯特拉斯

在魏尔斯特拉斯的举荐下，索菲娅以三篇重要的数学论文获得了德国数学中心——哥廷根大学在 1874 年 7 月破例授给她的"最高荣誉哲学博士"称号。于是她成了人类历史上第一个女数学博士。

也是在魏尔斯特拉斯的推荐下，索菲娅还在 1883 年 11 月只身来到魏尔斯特拉斯以前的学生——斯德哥尔摩大学学院的第一位数学教授、瑞典数学家马格努斯·古斯塔夫·米他格·莱夫勒（1846—1927）那里，当了一位私人讲师。1891—1892 年，莱夫勒还担任了 1881 年创建的斯德哥尔摩大学学院（后来改称斯德哥尔摩大学）院长。

莱夫勒

索菲娅用假结婚"骗取"护照的方法，冲破歧视妇女的恶习，成功达到了出国学习的目的。"人类各有不同的机会，但没有一个机会能主宰人类。"这是法国哲学家卡缪对我们的忠告。

为了在艰难的条件下求学，不少科学家都机智地想出了许多办法。另一个实例是，为了进入大学学习，俄国化学家罗蒙诺索夫（1711—1765）也"弄虚作假"——冒充贵族子弟，终于在 1731 年考进了对穷人说"不"的莫斯科的斯拉夫－希腊－拉丁学院。

不拘泥于传统，不囿于世俗——这就是索菲娅、罗蒙诺索夫等成功的原因之一。

说到这里，可能有的读者朋友会对索菲娅和罗蒙诺索夫"弄虚作假"提出异议——他们不是没有"遵纪守法"么!

的确,人是应该遵守规则的;但是,如果像当年苏格拉底被"人民法庭"以"腐蚀年轻人"的罪名逮捕后那样,用饮鸩自尽来证明他对规则的尊重,甚至是以此来表现道德的崇高,那就是一种迂腐了。我们只要做到不违法,不损害国家、民族、全社会的整体利益和其他任何个体的合法利益,符合道德规范和当地的风俗习惯,就不必"说什么戒律清规",而应该"大胆地往前走"。应该与此同步进行的是,法规也应"与时俱进"——别再让"未婚女子没有家庭的同意就不能出国"这类"秦岭",横亘在文明进步的时代面前而"马不前"。

评议会不是洗澡堂
——希尔伯特智驳性别歧视

　　1935 年 5 月 3 日，美国《纽约时报》刊登了一篇声明：一位"女士是自妇女开始受到高等教育以来最重要的、富于创造性的数学天才……她的这套方法，使纯粹数学成了一首逻辑概念的诗篇。"这篇声明是大名鼎鼎的爱因斯坦写的。

　　是谁，又因为什么，使能够"翻天覆地"的爱因斯坦这么大加赞赏呢？

　　抽象代数是数学的一个分支。奠定现代抽象代数基础，使其真正成为这个分支的就是爱因斯坦赞赏的女士——德国女数学家爱米·诺特，她也因此被称为"抽象代数之母"。

　　在当时"重男轻女"的背景下，"抽象代数之母"也难逃被性别歧视的厄运。

　　1882 年 3 月 23 日，诺特出生在德国南部小城爱尔兰根一个犹太人之家。第一次世界大战爆发以后，她的父亲退休、母亲病故、弟弟从军，此前依靠家庭的她不得不另谋生计。她在 1916 年再次来到哥廷根大学找到希尔伯特——第一次到哥廷根大学是 1907 年，当时是来听希尔伯特等数学家的课的。

诺特

　　德国数学家希尔伯特（1862—1943）是一位成就卓著、学识渊博、正直开明、主张种族平等和男女平等的大数学家。他和当时在瑞士苏黎世大学工作的德国数学家、物理学家赫尔曼·克劳斯·雨果·韦尔

（1885—1955），答应帮助才华横溢、知识渊博的诺特，在哥廷根大学谋到一个讲师职位，虽然他并不是诺特的"邻里乡亲"。

事情并不顺利。这所大学虽然是德国第一所准许给女性授予博士学位的高等学府，诺特也已经获得了博士学位，但却依然拒绝让她——一个女人当讲师。她需要另写论文后，教授们才会讨论是否授予她讲师的资格。

在讨论是否聘用诺特当讲师的时候，一位哲学系教授说："如果让她当讲师，以后她就会成为教授，甚至进入大学评议会。难道能允许一个女人进入大学的最高学术机构吗？"

另一位教授附和道："我们的战士从战场回到课堂，发现自己将拜倒在女人脚下读书，会做何感想呢？"

听到这些荒唐的发言，希尔伯特不禁怒发冲冠。他激动地站了起来，以坚定的口吻批驳道："先生们，候选人的性别绝不应该成为反对她当讲师的理由。大学评议会毕竟不是洗澡堂！"

希尔伯特

虽然在茫茫黑夜之中，希尔伯特的这一点火光太微弱了——他的反驳无济于事，歧视妇女的势力占了上风，诺特当讲师的提议被否定了，但是希尔伯特睿智而义正词严的声讨，却依然如洪钟般在我们耳边回响……

没有职业，诺特如何生活呢？希尔伯特再次机智地想出了高招——自己张贴告示，让诺特以他的名义开设"不变式论"这门课程，以取得微薄的报酬。

其后两年，诺特根据德国数学家克莱因（1849—1925）的建议继续研究，发表了两篇出色的论文，加上第一次世界大战后德国内部掀起的那场民主运动，多少解脱了一些套在妇女身上的枷锁，终于迫使哥廷根大学于1919年让她成为该校第一个女讲师，但此时她已经37岁！

1933 年 1 月，希特勒上台以后，犹太人受到迫害，诺特被解职，同年 10 月被迫流亡到美国。

1935 年 4 月 14 日，一生坎坷的诺特，不幸在癌症手术之后，在美国开始了她永远没梦的长睡。

于是，有了前面爱因斯坦那篇声明。

闵科夫斯基证四色定理
——急流勇退亦英雄

"轰……隆，轰……隆……"

一阵大炸雷，还有大暴雨，"清醒"了一个人，"解救"了一个人。

这是怎么一回事呢？

你注意过地图的颜色吗？相邻边界要用不同种类的颜色才能分开，但颜色种类太多会使印刷困难。那最少要用多少种颜色才能两全其美呢？这就是著名的"地图着色"问题。

地图着色问题的起源有两种说法。

第一种说法是，德国数学家梅比乌斯（1790—1868）在1840年提出来的。

第二种说法是，1852年，刚从大学毕业的英国学生弗朗西斯·古斯里（1831—1899）发现：要区分英国地图上的州——英国最大的地方行政区域，只用四种颜色就够了。古斯里感到这绝不是一个偶然现象，说不定其中隐藏着某种深刻的科学道理呢！于是，他就写信把自己的想法告诉

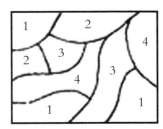

最多用4种颜色，就能把任何复杂地图的相邻边界分开

胞弟弗雷赘克·古斯里（1833—1866），请他解决。后者是出生在印度马德拉斯的英国著名数学家德·摩尔根（1806—1871）教授的学生。

1852年10月23日，弟弟弗雷赘克第一次用"四色定理"的数学

形式请求德·摩尔根给以证明。德·摩尔根对这一问题很感兴趣,并敏锐地感到,这很可能是个数学问题,还准备给出证明。

尽管德·摩尔根绞尽脑汁,却百思不得其解。于是他立即写信将这件事告诉他在三一学院时的学友,著名数学家和物理学家哈密顿(1805—1865)爵士:"我的一个学生今天要我为他提供一个充分的理由,来说明一件我自己还无法判明究竟是对还是错的事实。他说,如果画一张图,图上任意分成许多部分,凡是有共同边界线的两部分要涂上不同的颜色。那么、大概需要四种颜色,而不需要更多的颜色就可以了。请问:难道不能够构造出一个需要五种或者更多种颜色的地图么?"

德·摩尔根教授期望智慧超人的哈密顿能够给出答案。可哈密顿经过长达13年的冥思苦索,直到逝世为止,也一筹莫展,毫无结果。

1878年6月13日,英国数学家凯莱(1821—1895)在数学年会上宣读他曾在伦敦数学会会刊上发表过的一篇文章的时候,将上述问题归纳为"四色猜想"。他还在1879年英国《皇家地理会会刊》第一期上,再次提及这个猜想,并征求对这一猜想的正确解答。凯莱的文章和讲话,吸引了一大批很有才华的有志之士去探索这一难题。

这就是轰动全球的,与哥德巴赫猜想、费马大定理合称"近代数学三大难题"的"四色猜想"的由来。

又过了20来年。

出生在立陶宛的德国数学家闵科夫斯基(1864—1909)在一次给苏黎世大学的学生们讲课的时候,一时兴起,就谈起"四色难题"来。他说:"'四色难题'没有解决,是因为一流的数学家们还没有来得及研究它,其实并不是有多难。"说完就拿起粉笔在黑板上证明起来。

闵科夫斯基

闵科夫斯基一口气写了几黑板,却没有料到头绪越来越乱,无奈之下,只好作罢。他坚信有能力揭开奥秘,决不草率收兵，就给学生说第二天会接着证明。

第二天，第三天……一连几个星期，搅得闵科夫斯基焦头烂额，还是没有结果。

一天上午，他又走进教室，正好雷电交加，大雨倾盆。此时他灵机一动，借机下台，十分愧疚地说："哎！看来老天都在责怪我狂妄自大了！四色难题，我真拿它没办法呀！"

好个"老天都在责怪"。闵科夫斯基从1892年起就任教授，曾先后在波恩、哥尼斯堡、丘里赫等大学任教，他的四维空间的数学结构是爱因斯坦广义相对论的数学基础之一，他也是当时的数学"大腕"之一。他不是在为自己一时的狂妄自大和失败找借口狡辩，而是聪明地坦然承认自己的错误，从而避免了第二次犯错误。

"人生难免空白和遗憾，够成熟的人才懂得该放弃的时候放弃。"看来，闵科夫斯基是深谙此道的。激流勇进是英雄，但在明知不可能的时候，硬要去撞"南墙"，却是鲁莽之举，此时若急流勇退，也不失"英雄本色"。

闵科夫斯基："四色难题，我真拿它没办法呀！"

及时公开放弃错误行为，这是一种坦荡的胸怀，也是一种高尚的品质，更是一种睿智。

"四色猜想"在历经100多年后的1976年夏，被在伊利诺伊大学香槟分校工作的两位美国数学家哈肯（1928— ，出生在德国柏林）和阿佩尔（1932—2013）完成了证明，成为四色定理，其结果发表在1976年7月26日出版的《美国数学学会公报》上。

1 729 和 24 361
——数字面前的慧眼

20 世纪 10 年代的一天，从印度来英国求学的青年拉马努金（1887—1920）生病了。他的老师、英国数学家哈代（1877—1947）到医院看望他。

"这是一个毫无意义的数，"哈代在乘"1 729"这个车牌号的出租马车来医院的时候说，"但愿它不是一个凶兆。"

"不，"病床上的拉马努金眼中立即闪烁着异样的光芒，机智地说，"它是一个很有意思的数，我能用两种方法把它表示成两个数立方的和：$1\ 729 = 1^3 + 12^3 = 9^3 + 10^3$。" 1 729，是所有能用两种方法表示为两个数立方之和的整数中最小的一个。

拉马努金

后来，哈代又问他是否知道对应于 4 次方的这样一个问题的答案。他想了一会儿，回答说他一下子找不到例子，第一个这样的数一定很大。

是的，第一个这样的数的确很大：$635\ 318\ 657 = 134^4 + 133^4 = 158^4 + 59^4$。

类似"1 729"的故事还有一个，不过，它发生在物理学家——爱因斯坦身上。

一天，爱因斯坦接到一位女友打来的电话，她要爱因斯坦把她的电话号码记下来，以便今后通电话。

"我的电话号码很长，"女友说，"挺难记。"

"说吧，我听着。"但"口是手非"的爱因斯坦并没有拿起笔。

"好，请您记住，是 24 361。"

"这有什么难记的！"爱因斯坦立即机智地回答："两打与 19 的平方，我都记住了。"

还有一个故事，也是表现爱因斯坦对数字及运算方法的"敏感"的。

一次，爱因斯坦卧病在床，一个朋友去看他，他要那位朋友出道数学题给他"放松放松"。朋友出的题目是：2 976 × 2 924 = ？他立刻回答：8 701 824。

原来，爱因斯坦注意到两个乘数的前两位都是 29，两个乘数的后两位 76 和 24 正好是"互补数"（加起来是 100），于是就可以用一种速算法：$29 \times 30 = 870$，$76 \times 24 = (50 + 26) \times (50 - 26) = 50^2 - 26^2 = 2\,500 - 676 = 1824$，把 1 824 放在 870"后面"，就得到 8 701 824。

爱因斯坦的速算方法并不是一个特例，有类似条件的数都可以用这种方法。例如，在"86 × 84 = ？"这个题目中，两个乘数的前一位都是 8，两个乘数的个位 6 和 4 正好是"互补数"（加起来是 10）；这时，由 $8 \times 9 = 72$ 和 $6 \times 4 = 24$，就得到答案 7 224。

拉马努金和爱因斯坦的"敏感"与机智，在于对数字有一双慧眼；更来自对科学的"痴迷"；还在于丰富的想象力——法国思想家伏尔泰（1694—1778）的"阿基米德的头脑比荷马想象力更丰富"，是对所有科学天才说的。

"请抬起一半的脚来"
——波利亚巧解"鸡兔同笼"

"请抬起一半的脚来！"面对一群鸡和兔，波利亚对它们说。

这是在解"鸡兔同笼问题"时的一幕。

著名的鸡兔同笼问题是，现在有若干只鸡和兔，关在一个狭小的笼子里边，不容易数清它们各自的数目，就数了总数，一共有50个头和140个脚，问：各有几只鸡和兔？

在听到波利亚的"号召"之后，鸡和兔都很听话：鸡用一只脚站立，兔用两只后脚站立。

现在，只算站在地上的脚的数目。显然，鸡头数目和鸡脚数目是相等的，而兔脚数目则是兔头数目的两倍，也是原来兔脚数目的一半；所以，现在脚的总数140/2＝70减去头的总数50得到的差20，就是兔的数目。

"哈！答案出来了：鸡30只，兔20只。"波利亚得意地说。

多么巧妙的解法！不信？请你用常规的列方程的方法解一下吧。

用这种巧妙解法的波利亚（1887—1985），是一位活了98岁的、出生在匈牙利的美国数学家。他在函数论、变分学、数论、组合数学等领域都有重要贡献。

波利亚

波利亚对教学也很有研究。他提出了今天仍然很有现实意义的教学"三原则"：学生主动学习原则——主张思想应从学生的头脑中产生出来，老师仅仅是"助产婆"；最佳动机原则——主张最佳的学习动机是学生对学习内容感兴趣，并在学习中找到乐趣；阶段序进原则——主张学生学习要先探索，再依次进入形式化阶段和同化阶段。

"好问题同某种蘑菇有些相像，它们都成堆生长。找到一个以后，你应当在周围找找，很可能在附近就有几个。"这是波利亚留下的指导我们学习和研究的名言。

一言不发的讲演

——科尔证明 $2^{67}-1$ 不是梅森素数

科尔

一个青年从容不迫地走上讲台——在其他数学家们依次登台之后，镇定自若地掏出粉笔，在黑板上振"笔"疾书。

讲台下鸦雀无声——唯有粉笔摩擦黑板的"嗒嗒"声……

不到一分钟，这个青年平静地走下讲台，回到自己的座位上。

讲台下无声的"鸦雀"们先是一愣——依旧悄无声息。不过，这种寂静在几秒钟之后被彻底打破——雷鸣般的掌声为这个青年响起……

这是 1903 年 10 月发生在纽约举行的一次美国数学会上的一幕。

这个青年就是美国数学家弗兰克·纳尔森·科尔（1861—1926），他在黑板上写的是

$$2^{67}-1 = 193\ 707\ 721 \times 761\ 838\ 257\ 287$$

的计算竖式。

会后，数学家们围住科尔，问他解决这个问题花了多少时间？

"三年中的全部星期天！"科尔回答说。

学者们热烈鼓掌的原因是，科尔在黑板上解决了一个长期没有解决的数学难题：第 9 个梅森数 $2^{67}-1$ 是不是梅森素数——它是合数，不是梅森素数。

那么，什么是梅森数和梅森素数呢？为什么"$2^{67}-1$ 是不是梅森素数"是一道数学难题呢？这还得从头说起。

梅森

自从古希腊数学家欧几里得在他著名的《几何原本》中证明"素数有无穷多个"以后，数学家们就一直在探索有关素数的各种问题。

时光流逝到 17 世纪。法国修道士和数学家梅森（1588—1648）在 1640 年提出了一个猜想，当 $n=2$，3，5，7，13，17，19，31，67，127，257 这 11 个数的时候，$M_n=2^n-1$ 是素数，而对其他 $n<257$ 的自然数，M_n 全是合数。这一猜想在他 1644 年的著作《物理—数学探索》中可以见到。

于是，人们把样子像 $M_n=2^n-1$ 的数称为"梅森数"，而将其中的素数称为"梅森素数"。

当 $n=2$，3，5，7 的时候，$M_n=3$，7，31，127。这 4 个数不大，当然人们能轻而易举地判定它们是素数。

事实也是这样，在古希腊，人们就知道这些结论了。

当 $n=13$ 的时候，$M_{13}=2^{13}-1=8\,191$ 是素数，则是到了 1461 年，才在一位无名氏的数学手稿中发现的。1588 年，意大利数学家卡塔尔迪（1552—1626）证明了 M_{17} 是素数；1598 年，他又证明了 M_{19} 是素数；此外，他还在 1606 年出版的一本著作中证明当 n 是合数的时候，2^n-1 不可能是素数。基于以上成果，可见梅森提出他的猜想不是偶然的。

那么，当 $n=31$，67，127，257 的时候，M_n 是否真的像梅森所猜想的那样——是素数呢？

从方法上讲，要证明某数是不是素数是很简单的，只要算一算它是不是两个或以上不是 1 的自然数的积就可以了。要做到这一点，一般用古希腊数学家埃拉托色尼发明的"筛法"就可以了。

具体地说，就是把不大于 $\sqrt{M_n}$ 的每个自然数（0，1 除外）去除

M_n，看看商是不是整数；如果至少有一个商是整数，M_n 就是合数，反之，就是素数。

举例来说，要证明 $M_{31} = 2^{31} - 1$ 是不是素数，就要把不大于 $\sqrt{2^{31} - 1}$ 的每个自然数（0，1 除外）去除 $2^{31} - 1$。但是，由于 $2^{31} - 1$ 是一个 10 位数，$\sqrt{2^{31} - 1}$ 就是一个 5 位数；这样，如果不考虑"其他因素"，就要用几万个数分别去除 $2^{31} - 1$，显然工作量很大。

这里所说的"其他因素"，是指例如用 2 去除的时候如果得不到整数，就不必再用其他偶数去除了；又例如用 3 去除如果得不到整数，就不必再用 3 的整倍数去除了。上面所说的"几万个"比实际用的数要多一些。

由于工作量很大，要"筛"完这些数，有时就显得"想得到做不到"了。但人们希望"说到不如做到"。

几十年过去了，终于有了转机。继瑞士数学家欧拉在 1772 年证明了 M_{31} 是素数之后，法国数学家鲁卡斯（1842—1891）在 1876 年又证明了 M_{127} 是素数，他还于 1878 年给出一种判定梅森数是合数还是素数的方法；而直到 1903 年科尔才给出 M_{67} 不是素数的证明。

其后，人们又先后证明了 M_{257} 是合数，而梅森没有提到的 M_{61}、M_{89} 和 M_{107} 也是素数。由此可见，梅森漏了 3 个素数，而将 M_{67} 和 M_{257} 误说成是素数。

至此，人们发现的梅森素数就有 12 个了，梅森猜想也得到基本解决。

但是，人们并没有因此停步。当 $n > 257$ 的时候 M_n 又怎么样呢？人们又开始新长征。由于人工计算（包括借助于机械计算机，例如手摇计算机）工作量太大，就只有寄希望于发现判定素数的新方法和用"机器"来大幅度提高计算速度了。

提高计算速度的转机终于来到。20 世纪 40 年代，电子计算机诞生。1952 年，人们终于用电子计算机发现第 13 个梅森素数 M_{521}，它是一个 157 位数。其后，人们又相继用电子计算机发现了更大的梅森素数，使其总数达到 51 个（截至 2019 年 4 月，见梅森素数表 1、表 2）。

对素数和梅森素数的研究至今仍在不断进行。例如，素数分布在自然数中，有无规律？有无计算公式？甚至更进一步，有没有能算出所有素数的公式？有没有比"筛法"更好的判定素数的方法？等等。现在还没人能彻底解决这些问题，等待着读者朋友你去毕其功于一役。

大自然的奥秘是无穷无尽的，在研究、揭示这些奥秘时采用的方法极其重要，而要取得丰硕成果，必须付出辛勤的劳动，甚至舍得自己的"星期天"。

既然是"讲演"，就应该"有声"，而不应该"无声"。科尔的睿智之一，就在于打破了这种"常规"，还可以收到奇效，正是"此处无声胜有声"。

梅森素数表 1（序号≤12 的为人工计算，其余为电子计算机计算）

序号	p	梅森素数 $M_p = 2^p - 1$	发现时间	主要发现人
1~4	2, 3, 5, 7	3, 7, 31, 127	古代	古代人
5	13	8 191	1456 或 1461 年，1536 年，1588 或 1603 年	无名氏，16 世纪的雷古斯（Reguis），意大利皮特罗·安东尼奥·卡塔尔迪
6	17	131 071	1598 或 1603 年，1644 年	卡塔尔迪，梅森
7	19	524 287	1606 或 1603 年，1644 年	卡塔尔迪，梅森
8	31	2 147 483 647	1644 年，1772 年，1876 年	梅森（未证明），瑞士欧拉，法国弗朗索瓦·爱德华·阿纳托尔·鲁卡斯（1842—1891）

序号	p	梅森素数 $M_p = 2^p - 1$	发现时间	主要发现人
9	61	2 305 843 009 213 693 951	1883 年，1886 年	俄国伊万·米谢耶维奇·彼尔武申（1827—1900），德国保罗·彼得·海因里希·西尔霍夫（1829—1896）
10	89	618 970 019 642 690 137 449 562 111	1911 年	英国拉尔夫·欧内斯特·鲍威尔斯（1875—1952），一说19～20世纪的法国福克贝尔古（E. Fauquembergue）也独立找到
11	107	33 位：162…127	1914 年	鲍威尔斯，福克贝尔古
12	127	39 位：170…727	1876 年	鲁卡斯
13	521	157 位：686…151	1952 年 1 月 30 日	美国拉斐尔·米歇尔·罗宾森（1911—1995）和德里克（迪克）·亨利·莱默（1905—1991）
14	607	183 位：531…127	1952 年 1 月 30 日	罗宾森和莱默
15	1 279	386 位：104…087	1952 年 6 月 25 日	罗宾森和莱默
16	2 203	664 位：147…007	1952 年 10 月 7 日	罗宾森和莱默
17	2 281	687 位：446…351	1952 年 10 月 9 日	罗宾森和莱默
18	3 217	969 位：259…071	1957 年 9 月 8 日	瑞典汉斯·伊瓦尔·里塞尔（1929—2014）和安德森（A. Anderson）
19	4 253	1 281 位：190…991	1961 年 11 月 3 日	美国亚历山大·霍尔维茨（1937— ）
20	4 423	1 332 位：285…607	1961 年 11 月 3 日	霍尔维茨
21	9 689	2 917 位：478…111	1963 年 5 月 11 日	加拿大唐纳德·布鲁斯·吉利斯（1928—1975）

续表1

序号	p	梅森素数 $M_p = 2^p - 1$	发现时间	主要发现人
22	9 941	2 993 位：346 …551	1963 年 5 月 16 日	吉利斯
23	11 213	3 376 位：281 …191	1963 年 6 月 2 日	吉利斯
24	19 937	6 002 位：431 …471	1971 年 3 月 4 日	美国路易斯·布莱恩特·塔克曼（1915—2002）
25	21 701	6 533 位：448 …751	1978 年 10 月 30 日	美国兰登·库尔特·诺尔（1960— ）和劳拉·尼克尔（1960— ）

梅森素数表 2（电子计算机计算，※表示序号 47 的数与序号※51 的数之间

可能还有别的梅森素数）

序号	p	梅森素数 $M_p = 2^p - 1$	发现时间	发现人
26	23 209	6 987 位：402 …779	1979 年 2 月 9 日	诺尔
27	44 497	13 395 位：854 …671	1979 年 4 月 8 日	美国戴维·斯洛温斯基（David Slowinski）和哈里·刘易斯·纳尔森（1932— ）
28	86 243	25 962 位：536 …207	1982 年 9 月 25 日	斯洛温斯基
29	110 503	33 265 位：521 …007	1988 年 1 月 28 日	美国威廉·科尔奎特〔William（或 Walter 或 Walt——沃尔特）N. Colquitt〕和卢瑟·威尔士（小）〔Luther（或 Luke——卢克）Welsh, Jr.〕

序号	p	梅森素数 $M_p=2^p-1$	发现时间	发现人
30	132 049	39 751 位：512 …311	1983 年 9 月 19 日	斯洛温斯基
31	216 091	65 050 位：746 …447	1985 年 9 月 1 日	斯洛温斯基
32	756 839	227 832 位：174 …887	1992 年 2 月 17 日，3 月 25 日	斯洛温斯基和英国保罗·盖奇（Paul Gage），哈威尔实验室（英国原子能技术研究的权威机构）的一个研究小组
33	859 433	258 716 位：129 …591	1994 年 1 月 4 日	斯洛温斯基和盖奇
34	1 257 787	378 632 位：412 …527	1996 年 9 月 3 日	斯洛温斯基和盖奇
35	1 398 269	420 921 位：814 …711	1996 年 11 月 13 日	法国乔尔·阿曼高德（1967— ）和美国乔治·沃尔特曼（1957— ）
36	2 976 221	895 932 位：623 …151	1997 年 8 月 24 日	英国戈登·斯潘塞（1959— ）和美国沃尔特曼
37	3 021 377	909 526 位：127 …271	1998 年 1 月 27 日	美国罗兰德·克拉克森（1979— ）、沃尔特曼、斯科特·库洛夫斯基（Scott Kurowski）
38	6 972 593	2 098 960 位：437…791	1999 年 6 月 1 日	印度拉扬·哈吉拉特瓦拉（Nayan Hajratwala），美国沃尔特曼、库洛夫斯基
39	13 466 917	4 053 946 位：924…071	2001 年 11 月 14 日	加拿大迈克尔·卡梅伦（1981— ），美国沃尔特曼、库洛夫斯基

续表2

序号	p	梅森素数 $M_p = 2^p - 1$	发现时间	发现人
40	20 996 011	6 320 430 位：125…047	2003 年 11 月 17 日	美国迈克尔·沙夫（1977— ）、沃尔特曼、库洛夫斯基
41	24 036 583	7 235 733 位：299…407	2004 年 5 月 15 日	美国乔西·芬德利（Josh Findley）、沃尔特曼、库洛夫斯基
42	25 964 951	7 816 230 位：122…247	2005 年 2 月 18 日	德国马丁·诺瓦克（Martin Nowak），美国沃尔特曼、库洛夫斯基
43	30 402 457	9 152 052 位：215…871	2005 年 12 月 15 日	美国柯蒂斯·尼尔斯·库珀（Curtis Niles Cooper）、斯蒂文·布恩（Steven R. Boone）、沃尔特曼、库洛夫斯基
44	32 582 657	9 808 358 位：124…871	2006 年 9 月 4 日	库珀、布恩、沃尔特曼、库洛夫斯基
45	37 156 667	11 185 272 位：202…927	2008 年 9 月 6 日	德国汉斯－迈克尔·埃尔维尼赫（1964— ）
46	42 643 801	12 837 064 位：735…751	2009 年 4 月 12 日	挪威奥德·马格纳尔·斯特林德莫（Odd Magnar Strindmo）
47	43 112 609	12 978 189 位：316…511	2008 年 8 月 23 日	美国埃德森·史密斯（Edson Smith）、沃尔特曼、库洛夫斯基
※48	57 885 161	17 425 170 位：581…951	2013 年 1 月 25 日	库珀、沃尔特曼、库洛夫斯基、布恩等
※49	74 207 281	22 338 618 位：300…351	2016 年 1 月 7 日，19 日公布	库珀、沃尔特曼、库洛夫斯基、阿伦·布罗瑟尔（Aaron Blosser）等
※50	77 232 917	23 249 425 位：467…071	2017 年 12 月 26 日	美国乔纳森·佩斯（1966— ）
※51	82 589 933	24 862 048 位：148…591	2018 年 12 月 7 日	美国帕特里克·拉罗什（Patrick Laroche）

"两亿人说" 和 "公鸡报晓"
——别西科维奇和格瓦列夫

第一次世界大战期间，俄国－苏联数学家别西科维奇（1891—1970）在英国剑桥大学教书。他很快就学会了英语，但水平不怎么样。他发音不准，而且沿用俄语的习惯，在名词前面加冠词。

有一天，他正在给学生上课，班上的学生在下面低声议论他笨拙的英语，课堂像个菜市场。

看到这个情景，别西科维奇看了看学生，郑重而机智地说："先生们，世界上有 5 000 万人说你们所说的英语，却有两亿俄罗斯人在说我所说的英语。"

刹那间，课堂顿时一片肃静。

别西科维奇

1912 年，别西科维奇在彼得堡大学毕业，曾在该校当教师。后来不久，他到了英国，在利物浦大学和剑桥大学等高校任教，前后有 28 年。1964 年，他到了美国，在俄勒冈州立大学和康奈尔大学任教。

别西科维奇是具有非凡创造力的几何分析学家，在数学上的主要贡献在殆周期函数方面，代表作是《殆周期函数》。

像别西科维奇这样巧妙地对学生"以牙还牙"，机智地维持课堂秩序的还有俄国生物学家、教育家弗·奥·格瓦列夫教授。

格瓦列夫在一次讲课的时候，一个学生故意捣乱。这个学生模仿公鸡的啼叫声，引起一阵哄堂大笑。

格瓦列夫却不动声色地看了一下自己的挂表说:"我的这只表误时了,没想到现在已经是凌晨了。不过,同学们,请相信我的话,公鸡报晓只是低等动物的一种本能。"学生们听了,一笑之余,深悟了其中严肃的批评,那位搞恶作剧的学生脸上红了一阵又一阵。

顿时,课堂上鸦雀无声。

在如何维持"课堂秩序"的问题上,曾四度任英国首相的詹姆斯·哈罗德·威尔森(1916—1995)男爵毫不逊色。

一次,威尔森的竞选演说刚进行到一半,台下就有一个反对他的人高喊:"狗屎!垃圾!"

威尔森没有正面反击,而是宽容地一笑,说:"这位先生,我马上就要谈到你提出的脏乱问题了。"

那个"脏乱先生"一时语塞,不再叫喊,会场也就安静下来了。

接近神父为哪般
——苏步青"智"学意大利语

1919 年的一天，日本东京高等工业学校（以下简称"东高"）的考场上，数学考试正在紧张进行着。

数学试卷有 24 道题，要求 3 小时完卷，但仅仅过了 1 小时，一个考生就交卷了。监考老师大为惊讶。

准确无误的答案，使阅卷老师再次惊讶。

这个出类拔萃的考生是谁？

1919 年 7 月，年仅 17 岁的苏步青（1902—2003）勇敢地东渡扶桑，自信地走进上面说的"东高"考场。他在 1920 年 1 月被该校电机系录取。

在"东高"毕业以后，苏步青又于 1924 年考入在仙台的东北帝国大学数学系。

苏步青

以往"一帆风顺"，而今如愿以偿，似乎一切都应该是唾手可得的。当他来到指导教师洼田忠彦（1885—1952）教授身边的时候，却立即感到科学高峰并不是轻而易举可以攀登的。

洼田忠彦是一位著名的几何学家，对学生要求严格甚至严厉，学生多少都有些敬畏心理。

一次，苏步青有一道几何难题解不出来，就向洼田请教。没想到他看了看苏步青，却冷冷地说："请你先去看沙尔门·菲德拉的《解析几何》，然后再来找我。"

苏步青马上到学校图书馆寻找这本书。天哪！这是一套德文原版书，共3大本2000页。更困难的是，他当时只懂得日文、法文和英文，对德文却一窍不通！于是，他心中抱怨老师太"狠心"，嘀咕着不知要啃到何年何月。

但是，苏步青没有气馁，他一边学德文，一边啃原著。一学期过去了，书终于被啃完。这时，他又去见洼田。洼田一见就问："答案找到没有？"苏步青深深地向老师鞠了一躬——向老师表示谢意，因为这套书不仅解决了那个问题，而且更重要的是使苏步青的解析几何知识更加系统化了。

接着，苏步青发现，光有中、日、法、英、德文知识是不够的，还要得懂意大利文，因为意大利的几何学也是有"世界水平"的。自学相当困难，到哪里去找意大利语的老师呢？

东北帝国大学附近有一个天主教堂，在每周星期五做弥撒的时候，人们总能见到一位年近花甲、头发全白的意大利神父。他受梵蒂冈国的派遣，远涉重洋到日本传教，已经20多年了。没有收到新教徒接班，是他的一桩心事。他也正在物色对象，准备进行培养。

苏步青虽然不信教，但为了学习意大利语，就从当教徒入手，以便接近神父，获得学习机会。他特地买了一套做弥撒的白外套。做了几次弥撒之后，他和神父逐渐熟悉了。终于有一天，苏步青请神父教他学意大利语。神父出于"培养接班人"的目的，就爽快地答应了，并告诉他每天都可以去。

从此，苏步青每晚都到神父那里去上课，风雨无阻。神父误以为找到了一个虔诚的新教徒，两人"同桌异梦"达三个月之久。

三个月之后，苏步青已能轻松阅读意大利文的原版数学论著了。为了不占更多的时间，他不想再学了，于是带上一笔学费向神父告辞。神父惊愕地问他为什么不想当神父？当苏步青说出来这里是为了学习意大利语的本意之后，神父尽管懊悔和惋惜，但仍然说："每个人都有自己的宗教，你把数学当作自己的宗教。孩子，你去努力吧！"

最后，神父没有收取一分钱。苏步青满怀感激之情，与神父依依惜别。

苏步青接近神父，"智"学来的意大利语使他终身受益。在大学期间，他与意大利几位著名的数学大师通信交往，得到过他们的指点和具体帮助。以至于后来用意大利文写成的数学论文，都能准确地表达自己的数学思想，最终在意大利的著名数学杂志上发表。

苏步青一共掌握7门外语，其中意大利语掌握之后，又学习了西班牙语，50多岁后又学了俄语。7门外语中的日、英、法语都很精通，这是很了不起的。他自1927年以来，曾先后在日、英、美、德、法、苏、罗马尼亚、意大利、比利时等国际和中国国内学术刊物上，共发表了200余篇论文和出版了10多部学术专著，就不足为奇了。

苏步青是一位世界著名的数学家，他的主要成就是在仿射微分几何和射影微分几何方面。德国－德意志联邦共和国著名的数学家、汉堡几何学派的创始人布拉施克（1885—1962），曾对苏步青的学生说："您的导师苏步青是东方第一位几何学家"。

也许有人会认为，苏步青的成功是靠"天分"和优越的条件。其实不是这样。

苏步青出生在一个贫困农民的家庭，生计艰难，只读了两年书就停学在家放牛，帮父亲苏宗善和哥哥种田。一次苏步青放牛看《三国演义》，从牛背上掉了下来，差点被竹茬刺伤。父母知道以后，只好节衣缩食，让9岁的苏步青插班读高小。因为没有读初小等原因，他的成绩总是全班倒数第一。老师说他笨，同学嫌他穷，他自己也差点丧失信心。

好在一位教地理的陈玉峰老师识得"千里马"，认定苏步青天资聪颖，大堪造就，就鼓励他勤奋学习，发愤干出伟业。苏步青一改贪玩的缺点，发奋读书，第二学期就一跃而为全班之冠，而且把"第一名"一直保持到中学毕业，即去日本之前。1917年苏步青中学毕业之后，学校的洪校长慷慨资助他的这个得意门生200块大洋，使他能依靠这笔馈赠负笈东渡，开始了重要的人生之旅。

由此可见，是无数位"伯乐"造就了苏步青这匹"千里马"。

苏步青本人也是一位"伯乐"。著名数学家谷超豪（1926—2012）就是他在浙江大学培养的。20 世纪 30 年代苏步青和"四大金刚"——吴祖基（1915—2003）、张素诚（1916—2006）、熊全治（1916— 2008）、白正国（1916—2015）一起引入、创新，为以后形成中国的微分几何学派打下了坚实的基础。在复旦大学期间，他又培养了被称为"十八 罗汉"的大批数学人才……

苏步青"智学"意大利语给我们的启示之一是：条件是人创造的，机遇由自己寻找、创造。中国有一句古话说，"事在人为"，这的确是至理名言。

大智大慧的人不但寻找机遇，更去创造机遇，这有哲人金语为证："聪明的人造就机会多于找到机会"。它的作者是英国哲学家弗朗西斯·培根（1561—1626）。

于是，人们对于机遇的态度，就有了三个层次：等待机遇，寻找机遇，创造机遇。

读者朋友，相信你能在这三个层次中，看出人们的态度从被动到主动的转变。

约翰逊走进数学题
——加德纳智侃总统

$$
\begin{array}{r}
L\ Y\ N\ D\ O\ N \\
\times \qquad\qquad B. \\
\hline
J\ O\ H\ N\ S\ O\ N
\end{array}
$$

这是一个数学题目，竖式中的"LYNDON"、"B."（缩写）、"JOHNSON"，合起来是一个美国总统的姓名。这里，每个英文字母代表0，1，2，3，4，5，6，7，8，9中的某一个，相同的字母代表相同的数字，不同的字母代表不同的数字。

你知道是谁出的这个题目吗？你知道这个总统是谁吗？你能解这个题目吗？

数学本来是有趣的，但常常被一大堆单调的公式所掩盖，使人"头疼"。不过，有一个美国"数学迷"却有这样的本领，他能变枯燥为有趣，化平凡为神奇。

在美国，有一个很有名的科普杂志——《科学美国人》。和它一样有名的是它的一个专栏——"数学游戏"。这个专栏的编辑——美国数学家马丁·加德纳（1914—2010），就是我们要说的那个"数学迷"。

加德纳

加德纳生于美国俄克拉荷马州，1936年毕业于芝加哥大学，学的专业是哲学。毕业后先当过《民友报》的记者，后来在芝加哥大学公众关系部工作。第二次世界大战爆发以后，他在美国海军中担任随军记者。战后，他开始了自由撰稿人的生涯。

加德纳富于民主思想，在当随军记者的时候，他就写了不少报道，无情地嘲弄与鞭挞了希特勒的"盖世太保"与墨索里尼的"黑衫党徒"们。

对于美国白宫的"主人"，加德纳也有点不买账，偶尔爱开一个不大不小的玩笑。1965—1968年，美国政府发动了侵略越南的罪恶战争，加德纳为了表示对发动这场战争的不满，于1966年约翰逊（1908—1973）总统（1963—1969在任）在台上炙手可热的时候，就机智地以约翰逊的尊姓大名，制作了前面那道动脑筋的乘法趣味数学题。

这道题的唯一的答案是：

$$\begin{array}{r} 5\ 7\ 0\ 1\ 4\ 0 \\ \times\qquad\qquad 6 \\ \hline 3\ 4\ 2\ 0\ 8\ 4\ 0 \end{array}$$

你知道是怎么解出来的吗？动动脑筋吧！

有趣的是，中国的一位痴迷数学的人也把"数"趣"渗"入"诗"中。他用中国近代著名作家和诗人徐志摩（1897—1931）的《再别康桥》中的

"轻轻的，我走了，

正如我轻轻的来……"

这两句诗出了一道数学题：

$$\sqrt{轻轻的} = \sqrt{我} + 走了$$

正 - 如 ÷ 我 = $\sqrt{轻轻的} \div \sqrt{来}$

1921年徐志摩在剑桥

这里，相同的汉字代表相同的数字，不同的汉字代表不同的数字，你能把它解出来吗？它也只有唯一的答案：

$$\sqrt{225} = \sqrt{4} + 13$$

$$7 - 8 \div 4 = \sqrt{225} \div \sqrt{9}$$

　　加德纳很善于写不同凡俗的科普作品与科学幻想小说。其中著名的有《人人都能懂得的相对论》《表里不一的宇宙》《时间能倒流吗?》《四维空间的教堂》。

　　在业余爱好中，加德纳酷嗜魔术游戏。

　　但是，以上这些活动，比起加德纳的众多的趣味数学作品来，就完全不算什么了。他的趣味数学作品，十之八九都发表在《科学美国人》上，有前无古人的100多万字。所以，他享有"数学圣庙"里的"科普专栏作家"之称。

　　许多原先需要繁复计算的数学题，一经睿智的加德纳之手，就能用数学概念和逻辑推理的方法得出答案。他的思路相当开阔，他所创作的数学趣题，其答案往往是许多人一时所想不到，但又是非常简单且合乎逻辑的。他的许多妙趣横生的作品曾使不少读者陶醉在数学乐园之中，所以他又被称为"人类心智的守护神"。

"吃" 和 "活"
——谁是 "因" 谁是 "果"

"你和平庸的人有什么区别?"有一次,有人问亚里士多德(公元前384—前322)。

"他们活着是为了吃饭,而我吃饭是为了活着。"亚里士多德回答说。

亚里士多德

"人有了物质才能生存,有了理想才谈得上生活。你要了解生存和生活的不同吗?动物生存,而人则生活。"这是在亚里士多德作古2 000多年以后,法国作家雨果(1802—1885)演绎的另外一种版本——可以作为亚里士多德那句话的补充。

这就是大科学家——不仅仅是大科学家亚里士多德和庸人的区别。

古希腊大科学家亚里士多德也是一位大哲学家,他在众多的科学领域都有自己独到的研究。用美国科学书作家迈克尔·哈特在《历史上最有影响的100人》中的话来说,他是一个百科全书式的人物——"他的科学著作构成了他所在时代的一部科学知识百科全书",并且"将来可能不会再出现这样的人物"。

从苏格拉底到富兰克林
——"有理不在声高"

"常用的钥匙永远光亮""滴水可以穿石""只要每天砍伐，小斧可以砍倒大树""勤勉为幸运之母""凡是靠希望过日子的人，将会绝粮而死""空袋难以自立""智者的生活放在思考里""不要出卖道德去买财富，也不要出卖自由买权力""凡以愤怒开始的事必以耻辱告终""财富不属于拥有它的人，而属于享受它的人""黄金时代永远是现在的时代"……

富兰克林

你知道这些饱含睿智和哲理，且浅显易懂、字字珠玑的箴言，是谁在哪本书中写的吗？

它们是美国科学家、政治家和外交家本杰明·富兰克林（1706—1790）在《穷理查年鉴》（*Poor Richard's Almanack*，又译《穷理查历书》）中的锦文佳句。书名中的"理查"，是指富兰克林在出版这本书时用的笔名"穷理查"（Poor Richard）或"理查·桑德斯"（Richard Saunders）。书名中的"年鉴"（或"历书"），是因为印刷在日历本上。

《穷理查年鉴》在1732年12月28日首次出版之后的25年，每年都推出新版，成为很受欢迎的书，销售超过1万本/年，而且陆续被译介到了包括中国在内的世界各国。其中"仿佛比不上那些五颜六色的玻璃片"的真理与哲理，"只是一颗颗纯洁的晶莹透亮的明珠"，在无数读者心中扎根！

我们把《穷理查年鉴》的"理查式推荐语"转赠给本书的读者："你可以借用别人的鞋子，但你得用自己的双腿走路；与其穿着自己的鞋子走别人的路，不如穿着别人的鞋子走自己的路！"

那么，富兰克林又是从哪里得到的灵感呢？

《穷理查年鉴》：1739 年版封面（左），19 世纪的一个版本中富兰克林的头像被 24 幅图包围的插图

在富兰克林 12 岁那年，他的一个哥哥詹姆斯从伦敦带回来一架印刷机和全套字钉——被现在的"光与电"取代的"印刷铅字"，在波士顿开办了印刷业。在父亲的安排下，他给哥哥当了学徒。

老富兰克林和前妻的儿子詹姆斯个子高大，脾气暴躁，动辄对小兄弟"挞伐交加"。合同规定在 9 年当学徒期间，"小小少年"要"无所不干"，而且只给饭吃，不发工资。

富兰克林容忍了这一切，因为在这里有许多机会得到难得的"全世界的营养品"。

夜色深深，然而灯火并不闪亮。此时，詹姆斯和全店职工都已经酣然入睡。送书回来的"小小少年"用冷水洗了个脸，就爬上阁楼，点燃一支半截蜡烛，津津有味地翻阅着刚借来的书——《苏格拉底言行回忆录》。

富兰克林记不清在什么书上曾经读到过苏格拉底，只知道他是古希腊一位大哲学家。此刻翻开，书中的内容立即把他吸引住了。他仿佛看见一位额头宽大、目光深邃的大师在与人辩论，那位大师从容自若，语调一点也不高，但他在辩论中通过不断的发问，揭露对方的矛盾，最后问得论敌哑口无言，自认理亏。这就是有名的"苏格拉底辩论法"。书中介绍的苏格拉底的人品、思想和辩论法，把富兰克林带进了一个闪烁着睿智和哲理光芒的世界……

富兰克林由衷地佩服这位先哲的辩论方法。

富兰克林从小对宗教就持怀疑态度，对神父更没有好感。后来读了一些宣传无神论的书后，就更不相信上帝了。每当父亲在星期日拉着他上教堂礼拜的时候，他不是心不在焉，就是溜之大吉。他的乖张行为引起了教士的不满，一些年轻教徒常来找他的麻烦。富兰克林学习了苏格拉底辩论法后，犹如有了防身的盔甲。他和那些卫道士再次交锋时，巧妙地利用一连串的反问，常使对方张口结舌，不能自圆其说，那些家伙辩不过富兰克林，只好悻悻而去，再也不来纠缠了。

苏格拉底

这种论战艺术，使富兰克林终身受益。他每与人争论问题，都竭力避免武断自大的结论，诸如"一定如此""毫无疑问"等语句，而是尽量用谦逊的语言并留有余地，或是与对方平心探讨，或是在反复诘问中求得真理。到后来他成了著名的科学家和社会活动家的时候，还一直保持着这种讨论式的风格。比如，在需要表明一种科学思想或学术上的见解时，他从不强加于人，而宁可说"我猜想可能如此"，或是"如果我的判断无误，就应该如此"，再不然就说"这是我个人不成熟的看法"，等等。按照我们中国的格言，这就是"有理不在声高"。由于他讲得在理，态度又谦虚，别人都乐意和他探讨问题，并且心悦诚服。

1751 年的一件事，彰显出富兰克林学到的苏格拉底辩论法的力量。

这一年，富兰克林的论著合集《电学的实验和研究》（以下简称《研究》）——近代科学史上第一部系统的电学理论著作在伦敦出版。

好书《研究》不胫而走，穿越国界，传到法国。此时，离奇而有讽刺意味的事情发生了。

一位法国哲学家看出《研究》的价值，把它翻译成法文在巴黎出版。

可是，法国的电学家却出来反对。例如，巴黎皇家学院的罗勒院长著有风行一时的《电学理论》，他不但比富兰克林的资格更老、学术地位更高，而且还有一大批盲从的信徒。他看到和《电学理论》针锋相对的《研究》，不禁大为恼怒，还断定《研究》不是北美的人写的，而是巴黎的宿敌"借刀杀人"，拆他的台。于是，当他打听到波士顿确有富兰克林这个人的时候，怒不可遏，不但用文章和信件为自己的谬论辩护，而且对富兰克林进行人身攻击。

丽德

一天，富兰克林的妻子德博拉·丽德（约1708—1774）递给他一本刚从巴黎寄来的新书——罗勒攻击他的文章和信件的合集。他当晚就对这种针对他的《研究》和人身的攻击进行了反击：凭他的文学才华和辩论水平，更重要的是《研究》中正确的理论，要让罗勒威风扫地是不难的。

正当富兰克林振笔疾书的时候，却突然改变了主意：与其去打一场也许是无休止的"笔墨官司"，倒不如全力去开展新的研究；而谁的理论正确，是用实验事实来说话的，不必强加于人。

就这样，富兰克林决定对来自巴黎的攻击置之不理，始终没有回敬过罗勒一个字。

这件轶事，200多年后的爱因斯坦还兴趣盎然地和一个科学史家讨论过。这个科学史家非常佩服富兰克林的人格和睿智，称赞他没有陷入盲目的争论。爱因斯坦则只同意一半："要避免个人的钩心斗角是对的，但为自己的思想辩护，那也是重要的。"

其实，这个科学史家、爱因斯坦和富兰克林，在原则上都是对的。在《电学理论》和《研究》争斗这个具体问题上，富兰克林"此处无声胜有声"的妙招，比爱因斯坦想去辩护更高明和潇洒。正是：沉默是最大的蔑视。

事实上，事过以后两年之间的无数实验事实，完全证明了《研究》中电学理论的正确性。随着英国皇家学会的科学泰斗们对两年前不屑一顾的《研究》的重新评议和一个个实验验证，以及笑容可掬地为富兰克林送去金质奖章和荣幸地吸收他为皇家学会会员，罗勒的理论被科学界抛弃，罗勒也消弭在科学的历史云烟之中……

"历史，以时间之石构筑着公正与尊严"，何需谁人的只言片语或鸿篇大论！富兰克林把"有理不在声高"发挥到了极致——"兵不血刃"地让他的理论和人格融入科学的星空而与天地同在……

法国雕塑大师罗丹（1840—1917）在《罗丹艺术论》里，曾经这样评价一座有名的富兰克林胸像："迟钝的神情，肥肥的下垂的面颊——是一位老工人。信徒般的长发，温和善良的性情——是一位很得民心的劝导者，这就是诚实的理查。固执的阔额，向前倾着：这是坚毅的标志。"

看来，罗丹真不愧是雕塑大师——他对富兰克林的评价入木三分。富兰克林的"形"和"神"，的确是坚毅诚实、温和善良的化身——他用温和善良的"有理不在声高"，智慧地诠释出他的坚毅和诚实……

当然，像苏格拉底、富兰克林这样的智慧，在中国古代也早就有了。春秋末期的楚国哲学家老子即老聃，在《道德经》一书中就说："天之道利而无害，人之道为而不争。"大概意思是说，大自然本来是善良的而没有什么恶意；那么，为人就应该去做实事而不去磨嘴皮子——用"不争"去"争"。

沈从文

当然，还有另一种形式的"不争"去"争"。中国作家沈从文（1902—1988）在"形势不利"的时候，智慧地做了"健康的选择"——在1957年断然退出文坛，先后到中国历史博物馆、故宫博物院去"抄抄资料""编编目录"。他这样做，不但使对手没有了"斗争对象"而避免了进一步被伤害，还能在新的领域开拓发展。结果出了两个"健康"：由于研究5 000多年的中国文明，得到了新的文物考古成果；活了86岁。

不必都去反击
——富兰克林为何"想念"聋耳小姐

一只北极熊在北极冰面上一个冰窟窿边表现出了它非凡的忍耐力——纹丝不动地等待海豹在这个出气口出现，然后美餐一顿。漫长的等待需要毅力、耐心和勇气——狂风吹得它雪白的绒毛像波浪一样起伏，雪花让它睁不开眼睛……

忍耐是痛苦的，但结果却是甜美的——北极熊几乎每周都会享受一只海豹的美味而在冰天雪地的恶劣环境中生存下来。

北极熊为什么那样"愚蠢"呢？不是可以在众多的"海豹换气口"来回走动发起"主动进攻"，不必单调而痛苦地"守口待豹"——可得到更多的捕猎机会么？原来，如果身躯笨拙的北极熊在北极冰面上来回走动，那它就会"打冰惊豹"——感觉灵敏的海豹会觉察到它的一举一动而逃之夭夭，它就会劳而无功。正是由于北极熊掌握了这个"冰雪中的规律"，才睿智地选择了忍耐……

同样睿智地选择忍耐的，还有一只"北美虎"——本杰明·富兰克林。

在一家杂货铺受理顾客投诉的柜台前，许多女士排着长长的队伍，争着向柜台后的那位年轻小姐诉说他们所遭遇的困难，以及这家杂货铺不对的地方。在这些投诉的妇女中，有的十分愤怒而且蛮不讲理，有的甚至还"出口成脏"。

柜台后的这位年轻小姐接待了这些愤怒而不满的妇女，丝毫没有表现出任何憎恶。相反，她的脸上始终带着微笑，态度优雅而镇静，指导这些妇女们前往相应的部门。

站在年轻小姐背后的是另一位年轻女郎，她在一些纸条上写下顾客投诉的内容，然后把纸条交给站在前面的年轻小姐。这些纸条很简要地记下妇女们抱怨的内容，但省略了这些妇女原有的尖酸而愤怒的语气。

原来，站在柜台后面带着微笑聆听顾客抱怨的这位年轻小姐是位聋子，她的助手通过纸条把所有必要的事实告诉她。

在宾夕法尼亚的一家杂货铺里，富兰克林亲眼看见了这一幕。富兰克林对这位年轻小姐的自制修养非常惊讶，并意识到自我克制是多么重要。

富兰克林对这种安排十分感兴趣，于是就去访问这家杂货铺的老板。

老板告诉富兰克林，他之所以挑选一名耳聋的小姐担任杂货铺中最艰难而又最重要的一项工作，主要是因为他一直找不到具有足够自制力的人来担任这项工作。

富兰克林站在那儿，静静地观看那群排成长队的妇女。他很快就发现，柜台后面那位年轻小姐脸上亲切的微笑，对这些怒不可遏的妇女们产生了良好的影响：她们刚来到小姐面前的时候，个个像是咆哮的老虎，但几分钟后当她们离开时，却个个像是温柔的绵羊。事实上，她们之中的某些人离开的时候，脸上甚至露出羞怯的神情，因为这位年轻小姐的"自制"已经使她们为自己的作为感到羞愧。

这种情形，应了弗朗西斯·培根的箴言——"忍耐能使灵魂宁静"。在这里，"灵魂宁静"的，不止"忍耐"者本人——年轻小姐，更有那些妇女。

自从富兰克林亲眼看到那一幕之后，每当自己对所不喜欢听到的评论感到不耐烦的时候，他就立刻想起了柜台后面那位耳聋年轻小姐自制而镇静的神态。

富兰克林经常这么想：每个人都应该有一副"心理耳罩"，用来屏蔽外界的某些声音，来达到那耳聋小姐的境界。

有了这次经历，富兰克林已经养成一种习惯，对于不愿意听到的那些无聊谈话，可以把两个耳朵"闭上"，以免在听到之后徒增憎恨与愤怒。生命十分短暂，有很多建设性的工作等待我们去做，因此，我们不必都去——对说出我们不喜欢听到的话的每个人进行反击。

萧伯纳

这种"沉默"和克制，并不是弱者的"专利"，而是强者的本能。也就是说，此时的富兰克林终于进一步明白了100多年以后英国戏剧家萧伯纳（1856—1950）的哲理："自我克制是强者的本能。"

"忍耐是痛苦的，但它的果实是香甜的。"法国哲学家卢梭（1712—1778）说。让我们学会有时是痛苦的忍耐吧，而等待我们的，是那香甜的果实……

热辣辣的漫骂之后
——富兰克林"用心握手"

"呀，你今天有点儿激动吧，不是吗？"

本杰明·富兰克林对一个管理员破口大骂，时间持续了 5 分钟之久——用比管理员正在照看的那个锅炉内的火更热辣的词句。

最后，富兰克林实在想不出什么更"惊天动地"的骂人词句了，只好降低了"分贝"，并慢慢偃旗息鼓。

这时候，管理员直起身体，转过头来，脸上露出开心的微笑，并以一种充满镇静与自制的柔和声调，说了前面的那句话。

富兰克林因为什么事和管理员发生矛盾，最后使他恶语相加呢？

有一天，富兰克林和沃茨印刷厂的管理员发生了一场误会。这场误会导致了他俩彼此憎恨，甚至演变成激烈的"对攻战"。

这位管理员为了表示他对富兰克林在排版间工作的不满，把房里的蜡烛全部都收了起来，这种情形一连发生了几次。最后，富兰克林到库房里准备排一篇预备在第二天晚上发表的稿子，在版桌前坐好的时候，蜡烛却没有了踪影。

富兰克林立刻跳起来，奔向地下室——他知道可以在那儿找到这位管理员。当富兰克林到那儿的时候，发现管理员正在忙着把煤炭一铲一铲地送进锅炉里，同时一面吹着口哨，仿佛什么事情都没有发生似的。于是就发生了前面那 5 分钟之久的漫骂……

管理员的这段话就像一把锐利的短剑，一下子刺进富兰克林的"心脏"。

想想看，富兰克林那时候会是什么感觉。站在富兰克林面前的是一位既不会写也不会读的管理员，但是，虽然有这些缺点，他却在这场"对攻战"中打败了自己——更何况这场战斗的场合和"武器"，都是自己挑选的。

富兰克林的良心用谴责的手指对准了自己。富兰克林知道，他不仅被打败了，而且更糟糕的是，他是错误的一方，这一切只会更增加他的羞辱。他转过身子，以最快的速度回到库房——再也没有其他的事情可以做了。

富兰克林

此时，真的像古希腊数学家毕达哥拉斯（约公元前580—约前500）所说的那样："愤怒以愚蠢开始，以后悔告终。"

当富兰克林反省这件事之后，立即认识到了自己的错误，但他很不愿意采取行动来改正自己的错误。不过，他知道，必须向那个管理员道歉，内心才能平静。最后，他费了很长的时间才下定决心。他决定到地下室去，忍受必须忍受的这个羞辱。

富兰克林来到地下室，把那位管理员叫到门边。管理员以平静、温和的声调问道："你这一次想要干什么？"

富兰克林说："我是回来为我的行为道歉的——如果你愿意接受的话。"

管理员脸上又露出那种微笑，他说："凭着上帝的爱心，你用不着向我道歉。除了这四堵墙壁，以及你和我，并没有人听见你刚才所说的话。我不会把它说出去的，我知道你也不会说出去的，因此，我们不如就把这件事忘了吧。"

这段话对富兰克林所造成的影响更超过他第一次所说的话，因为他不仅表示愿意原谅富兰克林，实际上更表示愿意协助富兰克林隐瞒这件事，不使它宣扬出去，以免对富兰克林造成伤害。

富兰克林向他走过去，抓住他的手，使劲握了握——富兰克林不仅是用手和他握手，更是用心和他握手。

在走回库房的途中，富兰克林感到心情十分愉快，因为他终于鼓起勇气，化解了自己做错的事。

在富兰克林事业生涯的初期，他终于感悟到：缺乏自制会对生活造成极为可怕的破坏。

"手把青秧插野田，

低头便见水中天。

六根清净方为稻，

退步原来是向前。"

这是一首表面上描绘农夫插秧情景的诗——为了不踩坏已经插好的秧苗，要倒退着走，实际上蕴意非常丰富和深刻。它的"原创"已经难以确定，但在明代的中国文学家、数学家冯梦龙（1574—1646）编著的著名小说《警世通言》中有记录。

诗中的"六根"，是双关语，既指插秧之前，要洗掉秧苗根上面的泥土，否则稻子就长不好，也指佛教所说人体的眼（视根）、耳（听根）、鼻（嗅根）、舌（味根）、身（触根）、意（念根）。诗中的"稻"，也是双关语——它的谐音是"道"。"低头见天"和"退步是向前"，都是哲理，也是睿智。"六根清净方为道"，是人生的最高思想境界，和"淡泊明志"相通。

看来，并不知道这首诗的富兰克林，也通过他的道歉，体现了诗中的哲理、睿智和思想境界，获得了一生中最重要的一次教训，完成了人生的一次升华。

这件事发生之后，富兰克林下定决心，以后决不再失去自制。因为一旦失去自制之后，另一个人——不管是一名目不识丁的管理员，还是有教养的绅士，都能轻易地将他打败。

善于自制的人，不是弱者，而是强者。

在下定这个决心之后，富兰克林身上立刻发生了显著的变化，他的笔开始发挥出更大的力量，所说的话更具分量，结交的朋友更多，敌人也相对减少了很多。

这个事件成为富兰克林一生当中最重要的一个转折点："这件事教导我，一个人除非先控制了自己，否则他将无法控制别人。"

富兰克林的话，也使我们明白了下面这句话的真正意义："上帝要毁灭一个人，必先使他疯狂。"

德国大文豪、思想家歌德（1749—1832）说过："谁要游戏人生，谁就将一事无成；谁不能主宰自己，谁就永远是一个奴隶。"这也是富兰克林的这个故事给我们的启迪。

猪 = 绅士、驴 = 议员
——富兰克林的"等式"

富兰克林的睿智，不但表现在他能用巧妙的比喻来回答看似难以回答的问题上，有时还能同时在妙答中无情地讽刺那些邪恶的人或事物。

富兰克林的仆人是个黑人，他问富兰克林："主人，绅士是什么东西？"

富兰克林回答说："这是一种生物，是一个能吃、能喝、会睡觉可是什么也不做的有生命的东西。"当时，仆人成了"丈二和尚"——摸不着头脑。

过了一会，仆人"顿悟"了，他跑到富兰克林身边说："主人，我现在知道绅士是个什么东西了。人们在工作，马在干活，牛也在劳动，唯有猪只知道吃和睡，什么都不干。毫无疑问，猪就是绅士了。"

1776 年，北美各殖民地代表聚集费城，在富兰克林参加起草的《独立宣言》上签名

富兰克林不仅是著名的科学家，还是一位政治活动家。1776 年，他曾积极地参加了美国《独立宣言》的起草，为争取黑人解放发表演说，为建立美国的民主制度进行斗争。

富兰克林在指责一项有钱人才能有资格当选为议员的法律的时候说："要想当上议员，就得有 30 美元。这么说吧，我有一头驴，它值

30 美元，那么我就可以被选为议员了。一年以后，我的驴死了，我这个议员就不能继续当下去了。请问，究竟谁是议员呢？——是我，还是驴？"

富兰克林是历史上少有的"全才"。美国的知识渊博的天体物理学家、科学书作家迈克尔·H. 哈特（1932— ）在《历史上最有影响的 100 人》（*The 100: A Ranking of the Most Influential Persons in History*）一书中，虽然没有把富兰克林列入"正册"——他认为富兰克林的成就还不足以跻身"100 强"，但也给了富兰克林很高的评价："平心而论，富兰克林是整个世界历史上最全面的天才，他取得显著成就的领域甚至比达·芬奇还要广阔。富兰克林至少在四个完全不同的人类奋斗领域——商业、科学、文学和政治领域都有颇为成功的生涯。"

哈特提到的达·芬奇（1452—1519）是一位意大利科学家和艺术家，也是一个"全才"。时刻"跟随"着我们的是他的杰作——"蒙娜丽莎"那神秘的微笑。

"攫雷电于九天之上，夺强暴于权威之手"，是法国政治家、著名学者杜尔哥对富兰克林的高度评价。这段话是如此著名，以至于有许多不同的译本，例如"从苍天处取得雷电，从暴君处取得强权"。德国大哲学家康德则崇敬地称他为"新普罗米修斯"。

双胞胎和眼中像
——W. S. 富兰克林巧比妙喻

历史上有多个著名的富兰克林。例如，美国还有一个叫肯尼斯·林恩·富兰克林（Kenneth Linn Franklin，1923—2007）的天文学家、教育家，他以在 1955 年 4 月 6 日（公开发布的时间）和美国天文学家贝尔纳·弗鲁德·布尔克（Bernard Flood Burke，1926— ），在位于华盛顿特区的卡内基科学研究所（Carnegie Institution for Science，简称 CIS），共同在世界上首次接收到来自行星——木星的射电辐射，从而驰名科学界。

还有一个我们熟悉的"假富兰克林"——大名鼎鼎的科学家杨振宁（1922— ）。他因为崇敬本杰明·富兰克林，从而取了一个英文名字——Franklin（富兰克林）。

人类首次接收到行星——木星的射电辐射的历史性纪念标志

我们这个故事要说的是英国的光学权威 W. S. 富兰克林。

一天，有人问 W. S. 富兰克林："为什么一个物体在我们视网膜上的像是倒立的，而我们却看不到物体是倒立的呢？"

W. S. 富兰克林想了一下，回答说："当你的两个耳朵同时听到一个婴儿啼哭的时候，为什么马上能肯定啼哭的不是双胞胎呢？"

W. S. 富兰克林用大家熟知的生理现象来反问，巧妙地回答了一个要用很多话才能说清楚的生理问题。这就是他的睿智，而这种睿智基于对相关知识的深刻了解。

避雷针、电动机与婴儿
——富兰克林和法拉第智答贵妇人

"可是，它有什么用呢？"一位阔太太问本杰明·富兰克林。

为了探索雷电的奥秘，美国科学家富兰克林于1752年夏，和他的大儿子威廉·富兰克林（约1730—1813）冒着生命危险，做了著名的从天上引下雷电的"风筝实验"。1753年夏，富兰克林发明了西方第一根避雷针，并起到了很好的避雷效果。

为了让避雷针走进千家万户，富兰克林做了许多避雷针，分送给他的朋友和邻居，建议他们装在屋顶上。

富兰克林父子的"风筝实验"

不少居民听信教会和保守势力的蛊惑，认为避雷针这种装在屋顶上的尖杆是不祥的东西，会冒犯上帝而带来灾难，就在黑夜偷偷地把避雷针拆了。费城教会竟指责富兰克林冒犯神权，是对上帝和雷公的大不敬。教堂等地方拒绝使用避雷针。上帝并不因此对教会"投桃报李"，所以教堂遭雷击的现象依然经常发生。

在这种情况下，富兰克林就办了一个"展览"，邀请人们参观他的新发明，于是就有了前面阔太太的提问。

富兰克林看了她一眼，轻松地以问答问："夫人，新生的婴儿又有什么用呢？"

是啊，"新生的婴儿又有什么用呢？"——当2004年的诺贝尔生理学或医学奖颁给"发现了人类识别大约1万种气味的机理"这一成就的时候，人们再次发出了这样的疑问。共享该奖的，是一男一女的两位美国科学家：理查德·阿克塞尔（1946— ），琳达·巴克（1947— ）。目前，虽然这一发现对医学或科学领域到底有什么作用还不清楚，不过，"我想，人们是可以用这些知识做出美味佳肴来的；"

巴克在颁奖的新闻发布会上轻嗅花香

该奖评审委员会秘书长约兰·汉松说，"我认为，它在未来的意义将尤其深远。"世界各地的科研人员也高度评价这个成果。例如，威尔士的嗅觉研究专家蒂姆·雅格布教授就说："它大大推动了许多相关领域的研究，如口味等。"瑞典卡罗琳医学院的专家托马斯·奥尔森则说："在新药物的研制方面，它在将来可能会大展宏图。"

无独有偶，英国人也有一个"克隆版"。

1831年，英国科学家法拉第发现了电磁感应现象，并制造出世界上第一台感应发电机。

1831年除夕，法拉第春风满面，得意扬扬地向他的亲朋好友展示这个新发明。当他快活地摇动手柄的时候，电流计的指针就偏转了；摇得越快，指针偏转就越厉害。

大家赞不绝口时，也有一个好挑剔的贵妇人不以为然，她取笑地问法拉第："先生，你发明的这个玩意有什么用呢？"

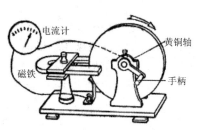

摇动手柄就产生了电流

法拉第从容地把手放在胸前，微微欠身回答道："夫人，新生的婴儿又有什么用呢？"

是的，发电机有什么用呢？至今还在享用它的福祉的我们，不难做出正确的回答。

18世纪全世界最伟大的电学家是美国的富兰克林，美国人因此而骄傲不已。

19 世纪全世界最伟大的电学家是英国的法拉第，英国人因此而自豪无比。

面对同样的"贵妇人"，富兰克林和法拉第都做出了同样的妙答。这折射出科学巨匠的睿智，不但表现出他们对各自发明的自豪和必将造福人类的自信，而且也是科学史上罕见的趣闻佳话。

更有趣的是，富兰克林和法拉第有许多相似之处：他们都走过了大半个世纪使人羡慕的充实人生之旅，分别活了 84 岁和 75 岁；他们都得到西方各国从妇孺到权贵的爱戴；他们都谦虚并淡泊金钱名利；他们都留下许多至今仍在传诵的箴言——特别是富兰克林。

关于避雷针的睿智故事，还有一个具有讽刺意味的续篇。

几十年以后，费城新建了一座教堂。当年拒绝安装避雷针的教会派人去问爱迪生："新教堂要不要装避雷针？"

"当然要装，因为上帝也有打盹的时候。"爱迪生嘲讽地回答。

财政大臣也高兴
——法拉第电学实验的价值

英国皇家研究院是"科学爱好者"和化学家、物理学家法拉第的"天堂"。人们经常到这里来看法拉第的各种科学实验表演，乐于被电火花神奇的"噼噼啪啪"声惊得目瞪口呆；喜欢聆听他通俗而风趣的公益科学讲演。

法拉第对知识百折不挠的执着追求和对公众事业的热心，也曾使那些急功近利的人迷惑不解。

格拉道斯通

1852 年新上任的财政大臣威廉·尤尔特·格拉道斯通（1809—1898），原来是税务官，是法拉第的一个熟人。这位也是作家、经济学家的格拉道斯通，四次担任英国财政大臣、四次担任英国首相（1868—1874、1880—1885、1886 年 2 月—7 月 20 日、1892—1894 在任，这在英国空前绝后），书本不离手，被称为"学霸首相"。

有一次，也是"科学爱好者"的格拉道斯通又到皇家研究院来听法拉第的讲演，当时法拉第在做一个在他看来是"毫无实用价值"的实验，就问法拉第："您花这么大的力气，即使成功了，又有什么用呢？"

法拉第回答说："部长先生，说不定过不了多久，你就可以收它的税了。"

有趣的是，法拉第"因人制宜"的回答，几十年之后还真的兑现了呢！

那个被格拉道斯通看来"毫无实用价值的实验"——也就是英国政府收税的"东西"是什么呢？

是电！英国政府的确收了电税。

法拉第

其实，基础科研的成果必然会在将来大放异彩，它的重要价值无与伦比。例如电，就必然会成为人类不可或缺之物。只有那些具有"千里眼"的科学家和政治家，才能甘于寂寞，敢于投资或做出决断，透过眼前"短平快"项目的万里迷雾，迎接必将到来的朝霞满天……

"借我借我一双慧眼吧……"像法拉第那样，像一切具有远见卓识的科学家和政治家那样，思接千载，视通万里……

离奇 X 光激起轩然大波
——睿智伦琴首摘科学大奖

1896 年 1 月 5 日，欧洲一个寒冷的冬日；可是，奥地利首都维也纳却掀起了一股"热浪"，并立即波及整个西方世界。

是谁掀起的什么样的"热浪"，它为什么有波及整个西方世界的巨大"能量"？

这股"热浪"是维也纳的《新闻报》星期日版第一版掀起的，它上面刊登的文章"吹响了轰动世界的新闻的号角"。

文章的作者是 Z. K. 雷谢尔——《新闻报》的编辑。

那么，一个报纸的编辑又是怎么得到"轰动世界的新闻"的呢？

1895 年 11 月 8 日漆黑的夜晚，德国乌兹堡大学（University of Würzburg）的一个实验室，灯光一闪一闪，好似"高低明灭"的"鬼火"。同时，一个高大的黑影在灯光里晃动。他是谁，深更半夜在干啥？

希托夫－克鲁克斯放电管

他是这个大学的校长兼物理研究所所长、德国物理学家威廉·康拉德·伦琴（1845—1923）。

这一天同往常一样，伦琴刚吃过晚饭就来到实验室，独自摆弄着当时最奇特的光学仪器——真空的希托夫－克鲁克斯放电管（一种阴极射线管），研究它发出的阴极射线。

伦琴用黑纸包住管子，接通电源。咦！怎么管子附近有亮光闪烁？他觉得很奇怪，就走过去看。原来，在离管子 1 米多远的小工作台上，放着做别的实验用的涂有荧光物质铂氰化钡的纸板，亮光就来自这里。

伦琴知道这纸板本身是不发光的，因此他当即敏锐地猜测，一定是放电管发出什么"东西"到达纸板使荧光物质发光。为了证实这一猜测，他关掉放电管的电源，这时纸板上的荧光消失；而打开电源后，纸板处又发光。反复进行多次实验都是如此。这就证实了他的猜测。

他知道放电管发出的阴极射线仅能穿透几厘米的空气，所以这"东西"不会是阴极射线。那这"东西"是什么呢？有什么性质呢？于是，他开始了长达 6 个多星期的研究，包括把工作台移近、移远直至两米远，用书、木板、玻璃、铁板、铅板等各种物质做阻挡这一"东西"的试验……

最终，伦琴得出它有穿墙透物的本领等结论——他在 12 月 22 日给妻子拍的手骨照片就是明证。

公开的时机成熟了——它强大的穿透力足以吸引大众的目光，虽然当时伦琴并不知道它是一种波长很短的电磁波。

1895 年 12 月 28 日，伦琴将自己的发现及有关研究成果写成《一种新的射线，初步报

《一种新的射线，初步报告》

告》[On A New Kind Of Rays (Ueber eine neue Art von Strahlen)]，提交给乌兹堡大学的物理学医学学会秘书。秘书决定刊登在下一期的《乌兹堡物理学医学学会会议报告》上。这一刊物由教授舒尔泽、教授罗依波尔德、博士盖洛尔编辑。由于当时伦琴对这个"东西"的本质一无所知，因此"为简单起见"，就称它为"X 光"。他于 1896 年 1 月 23 日夜在乌兹堡大学自己所在的研究所做报告时，当场拍下了在该大学工作的 79 岁的生物学教授——瑞士医生、解剖学家、组织学家、生理学家、神经科学家和动物学家鲁道夫·阿尔伯特·冯·克利克尔（1817—1905）一只手的 X 光照片。旋即，克利克尔带头欢呼三次，并

建议把"X光"命名为"伦琴射线",得到全场听众的一致同意。

克利克尔

为了加速对X光本质的探索,伦琴将复制的论文连同几张复制的X光照片,于1896年元旦寄给了包括维也纳的弗朗茨·塞拉芬·艾克斯奈尔(1849—1926)、德国的奥托·理查德·隆美尔(1860—1925)、科尔劳施(1840—1910)、埃米尔·加布里埃尔·瓦尔堡(1846—1931),英国的斯托克斯(1819—1903)、威廉·汤姆森(1824—1907)即开尔文勋爵(Lord Kelvin)、舒斯特(1851—1934),法国的庞加莱(1854—1912),奥地利的玻耳兹曼(1844—1906)在内的许多物理学家或朋友。结果,很多朋友立即跑进实验室,成功地看到了伦琴发现的现象。

德国物理学家艾克斯奈尔教授,是伦琴1868—1869年在苏黎世联邦理工学院学习时的老师——德国物理学家奥古斯都·阿道夫·爱德华·埃伯哈德·孔特(1839—1894)所在的物理研究所的同事。在一次家庭宴会中,艾克斯奈尔抱着极大的热情把伦琴寄来的X光照片拿给朋友们看,随后又借给一位由布拉格来的同事E.雷谢尔,雷谢尔又立即拿给他的父亲Z.K.雷谢尔看。老雷谢尔被X光极强的穿透性吸引住了,他最先预言这个发现可能对诊治疾病有重大意义。他当然不会放过这个重大新闻,于是他的热情洋溢的文章就刊登在《新闻报》星期日版第一版上……

一天以后的1896年1月6日,伦敦《每日纪事》驻维也纳记者立即将这一消息发回总社,并拍发到全世界:"战争警报的喧嚣,不应当把人们的注意力分散,而没有看到由维也纳传来的令人惊异的科学胜利。"

1月7日,《法兰克福日报》称"它将给精密科学提供一个划时代的成果"。

1月9日,伦琴家乡《乌兹堡通讯报》也称伦琴的发现是"惊人的"、"划时代的"。

接着，《医疗档案》《柳叶刀》《英国医学》《医学周报》《临床周报》《医学周刊》《美国医学会》《电气工程师》《电气照明》《伦敦电工》《科学通报》《自然界》《新试验》——各领域的报纸期刊先后报导了伦琴这一重大科学发现。

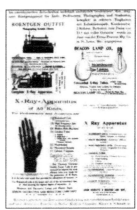

美国的广告

发现 X 光的过程及消息，以及 X 光能穿透实物进行摄影、具有很强的穿透力等性质，曾引起全世界特别是西方各阶层的"集市般的喧嚷"和"巨大的骚动"，掀起了一场 X 光的轩然大波，引出许多离奇的事件和风波。

——《格拉茨日报》的编辑"看到自己骷髅样的脑袋后，没合过一次眼"。

——一个后来成为物理学家的、名叫达·科斯塔·安德拉特（A. N. da Costa Andrade）的小孩，因 X 光的穿透性酷似"上帝能看透一切"，从而"消除了对上帝的怀疑"。

——女士们整日惶恐不安，怕被人用 X 光看透自己的身体和失去贞操。

——商人们为 X 光大做广告，以赚大钱。

…………

几个月内研究 X 光的科学家达到几百人，德国等国相继成立 X 光协会；伦琴的报告在三个月内被印发五次；一年内研究 X 光的论文不少于 1 044 种，专著和小册子不少于 49 种。

…………

X 光机很快就传遍全世界，连闭关锁国、故步自封的中国清王朝也"敞开怀抱笑纳"。这里还有一段趣味故事。

中国第一个使用 X 光机诊病的是晚清名臣、外交家李鸿章（1823—1901）。1894 年开始的甲午战争之后，北洋水师覆灭，李鸿章被迫赴日本马关议和。谈判期间的 1895 年 3 月 24 日，李鸿章遭浪人枪击，子弹从左脸颊穿进。此时李鸿章已 72 岁，又是以战败国总理的身份去谈判议和的，因此国际舆论普遍谴责日方。在德国医生的强烈建议下，李鸿章拒绝在日本医院

左：1885 年 8 月上旬出版的第 51 号《点石斋画报》。右：1897 年的一期《点石斋画报》以"宝镜新奇"为题刊登用 X 射线看病的图

接受外科手术，因此子弹头一直留在颅内。第二年，李鸿章以清廷头等钦差大臣的身份出访欧美，经人介绍接受了 X 光诊视，此时离伦琴发表关于 X 射线的论文只有半年。

1897 年的一期《点石斋画报》也以"宝镜新奇"为题，介绍了刚传入中国的 X 光机："苏垣天赐庄博习医院西医生柏乐文，闻美国新出一种宝镜，可以照人脏腑，因不惜千金购运至苏。其镜长尺，形式长圆，一经鉴照，无论何人，心腹肾肠昭然若揭。苏人少见多怪，趋而往观者甚众。该医生自得此镜，视人疾病即知患之所在，以药投之，无不沉疴立起。"这里的"苏垣"就是苏州；柏乐文——帕克·威廉·柏乐文（1857—1927）是美国监理公会的传教医师，1882 年来华协助姐夫蓝华德医生在苏州创办博习医院（Soochow Hospital），任外科主任 30 多年，在该医院引进和使用了中国第一台 X 光机。创刊于光绪十年四月（即 1884 年 5 月）的旬刊《点石斋画报》，是中国近代第一份采用石印术的新闻画报，由《申报》馆的馆长与主要创办者——英国商人与报业资本家安纳斯特·美查（1830 左右—1908）创办。《宝镜新奇》，也介绍了用 X 射线看病。

…………

1901 年，诺贝尔奖开始颁发。"表彰他发现后来以其名字命名的卓越的射线和非凡的工作"，伦琴独享这一年的首届诺贝尔物理学奖。其他荣誉、奖励、纪念物等，更是不计其数。

对阴极射线和阴极射线管的研究，是从 19 世纪中叶就开始的，其间无数科学家已经走到了发现 X 光的边缘，但都和 X 光擦肩而过。

第一张诺贝尔物理学奖奖状

1890 年 2 月 22 日，美国宾夕法尼亚大学的两位美国物理学家古德史培德和詹宁斯，在阴极射线管附近偶然发现有一张奇怪的线圈的照片，但他们并不介意，随手就把它扔到了纸篓里。5 年多以后，他们知道了伦琴发现 X 光的消息，顿时想起这件事，这才恍然大悟：觉察到自己当年扔在纸篓里的那张照片，竟然是早于伦琴、无意之中用 X 光实际拍得的第一张照片。

那么，伦琴又是用何种高招妙计发现 X 光，并成功地激起"在科学史上很少有一个新的发现或发明在几天内变得如此受欢迎"的"X 光大波"，最后荣登科学界最高领奖台的呢？

首先，伦琴知道放电管发出的阴极射线仅能穿透几厘米的空气，所以这"东西"不会是阴极射线。可能有"不速之客"造访，应该穷追不舍。

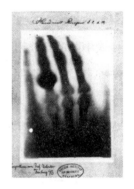

伦琴给妻子拍摄的 X 光片，其左手无名指上的结婚戒指清晰可见

其次，伦琴能很好地为他所进行的研究保密。他在研究的时候，对他的妻子安娜·贝尔塔·鲁德维格（1872—1919）也保密——她曾因伦琴长期迷恋实验深夜不归产生过怀疑和恼怒。为了解除妻子的疑虑，伦琴于 1895 年 12 月 22 日深夜把她带到实验室，拍出她左手手骨的照片——世界上第一张有意拍摄的 X 光片。

那么，"保密"和"成功"又有什么瓜葛呢？弗朗西斯·培根说过："当秘密传开的时候，事情却已经做成了。"可以设想，如果当时伦琴没有保密，那么，要么别人就可能会走在他的前面；要么由于 X

光的穿透性会引起误解甚至恐慌，就有可能被禁止研究而功亏一篑。

最后，伦琴公布发现 X 光的消息的时机掌握得很好。

1898 年巴黎出版的书刊载：一只青蛙的骨架在 X 光下显露无遗

伦琴的高明之处在于，他并不急于（例如在第二天）公开他的发现；因为科学研究中偶然出现的奇怪现象多如牛毛，更何况这"东西"还"犹抱琵琶半遮面"，没有展示"绝技"呢！也就是说，如果公布早了，就没有 X 光的穿透性等吸引大众"眼球"的魅力，不会引起大家的重视，他的成果就会淹没在科学的长河之中而不能在当时大放异彩。

如果公布晚了，要么会拖延科学界研究 X 光的步伐，那许多研究成果就不会及时产生；要么就会被晚于他的另一个"伦琴"捷足先登。

由此可见，"善于识别与把握时机是极为重要的"。这也是弗朗西斯·培根的精辟论述。此外，在后来发生的"X 光发现优先权之争"时，曾两度在哈佛大学担任客座教授的德国大哲学家、心理学家和美学家雨果·闵斯特贝尔格（1863—1916），感叹而富有哲理地说："世界上不知道已

闵斯特贝尔格

经有多少次伽伐尼效应（即'生物电'效应）。世界上经常充满着这样的机会，可伽伐尼（1737—1798，意大利医生和动物学家）和伦琴太少。"

关于伦琴在发现 X 光中的睿智，在《光明日报》1995 年 9 月 20 日第 6 版的《伦琴的启示》一文中，有较详细的说明。其中写道："伦琴绝不是仅仅向荧光屏方向看了一眼就成为发现 X 光的巨人的。他是以敏锐的观察力、科学的预见力、准确的判断力、高超的实验力、坚韧的战斗力，为事业的献身精神，站在前人的肩膀上成为杰出科学家的。"

寄 X 光不如寄胸腔

——伦琴智答求助者

德国著名物理学家伦琴在1895年发现了伦琴射线，就是我们常说的"X光"，轰动了整个德国甚至西方世界。

不久，伦琴收到了一封信。写信的人说，他的胸腔内有一颗子弹，要邮购 X 光来进行透视治疗，并索取 X 光的使用说明书。

"人命关天"，伦琴马上回了信。他在回信中说："目前，我刚巧把 X 光用完了，手头没有存货，而且邮寄 X 光是一件相当麻烦的事情，因此不能奉命。这样吧，请把胸腔给我寄来，我给你透视治疗吧！"

伦琴

X 光是从 X 光管发出来的一种射线，是不能邮寄的。伦琴没有点破求助者在这方面的无知，而且又要回答他，于是就睿智地用"请寄胸腔"作答。

可以设想，这个求助者在接到伦琴的回信之后，一定会为不能"寄胸腔"而思考。他也一定会去了解 X 光的知识，并在了解 X 光之后对他当初荒唐邮购 X 光的要求而恍然大悟，也会佩服伦琴的"荒唐"回答。

为何是你汤姆森
——阴极射线面前的睿智

1897 年 4 月 30 日，是一个平常的日子，英国皇家学会按部就班地召开例行的星期五晚会。

在这次晚会上，一个人做了一篇报告。虽然报告的材料新颖，但它的重要性却没有立即被人认识。总之，这是一次"不起眼"的晚会。

可就是这次当时不起眼的晚会，不久就引起了巨大的震动……

这究竟是怎么回事呢？

我们还是先回到这之前 200 多年。

1675 年，法国天文学家、测量技师让·费利克斯·皮卡德（1620—1682）发现，在著名的"托里拆利实验"中的"托里拆利真空"那一部分，在水银振荡时会闪闪发光——称为"托里拆利发光"。1705 年，英国物理学家弗朗西斯·豪克斯比·特·埃尔德尔（Francis Hauksbee the Elder, 1660—1713）——又名弗朗西斯·霍克斯比（Francis Hawksbee）也发现低气压气体在静电激励下发光的现象。由于当时生产和科技水平低下，以及并没有强烈的实际需要，所以对真空的研究并不盛行。

1800 年，意大利物理学家伏特（1745—1827）发明电池后，人们开始寻找新的电源，其后又为了解决高压输电过程中空气漏电的问题，逐渐开始研究气体放电和真空技术。

1855 年，德国玻恩大学科学仪器技工盖斯勒（1814—1879）用发明的简易水银泵，制成真空度较高的放电管——盖斯勒管。

　　1858—1859 年的一天，德国数学家兼物理学家普吕克（1801—1868）用盖斯勒放电管通电做真空放电实验的时候，偶然发现对着阴极的放电管玻璃壁上，有绿色的荧光出现，而且磁铁能使荧光斑运动，出现磁场偏转等现象。他意识到这是一种看不见的物质作用的结果，但他主要从事数学研究，并没有继续深入探索。

　　1869 年，普吕克的学生希托夫（1824—1914）发现，如果把物体放在点状阴极和产生荧光的管壁之间，物体就会有清晰的影子，这表明这种看不见的物质起源于阴极。1876 年，德国物理学家哥尔德斯坦（1850—1930）把这种从阴极发出来的、看不见的射线叫作"阴极射线"。

　　阴极射线究竟是什么呢？科学家们用希托夫、英国物理学家克鲁克斯（1832—1919）、德国物理学家勒纳德（1862—1947）等先后改进过的放电管——统称"阴极射线管"，进行了近 40 年的实验研究和争论。

　　绝大多数德国科学家认为阴极射线是一种"波动"。

　　英、法科学家认为是一种"微粒"。例如，英国物理学家舒斯特（1851—1934）就把阴极射线解释成是气体分子自然分解出来的碎片：带正电的部分被阴极俘虏，电极之间只留下带负电的部分，因而形成阴极射线。他还在 1890 年根据磁偏转的半径和电极间的电压，估算出这种带电粒子的"荷质比"——电荷和质量的比。

　　两派争论了几十年，谁也说服不了谁，直到 19 世纪末叶。

　　在关于阴极射线本质的研究中，英国剑桥大学卡文迪许实验室第三任主任（1884—1919 在任）约瑟夫·约翰·汤姆森（1856—1940）别具慧眼。

　　受克鲁克斯和舒斯特的影响，汤姆森早在 1881 年就认为阴极射线是带负电的一种微粒。从 1890 年起，他就带领自己的学生研究阴极射线，决心用实验进行周密考察，找出确凿的证据。为此，他们主要进行了以下几方面的实验：①直接测阴极射线携带的电荷；②使阴极射线受静电作用而偏转；③用两种方法测阴极射线的荷质比；④证明电子存在的普遍性。

约瑟夫·约翰·汤姆森

汤姆森的睿智之一在于，他在上述"②使阴极射线受静电作用而偏转"实验中的高招。本来，这是一个许多人都做过的实验，例如德国物理学家赫兹当年就做过；但是，此前的科学家们都没有看到阴极射线稳定的偏转，从而无法获得稳定可信的实验数据。

那么，这是什么原因呢？

经过仔细观察，汤姆森察觉到在加上电压的瞬间，阴极射线束就出现轻微摆动。他马上领悟到，这是因残余气体分子在电场作用下发生了电离，正负离子把电极上的电压抵消了，这显然是真空度不够高所致。

于是，汤姆森积极改善了真空度，并且减小了极间电压，终于获得了稳定的静电偏转，进而获得了可靠的实验数据。对此，1959年诺贝尔物理学奖得主、美籍意大利物理学家塞雷格（1905—1989），在《从X光到夸克——近代物理学家和他们的发现》一书中赞赏说："为什么在阴极射线被研究的几十年中没有人发现过电的偏转？原因是简单的：除非在阴极射线管里有一个良好的真空，否则就建立不起电场。"

此外，在实验中，汤姆森还用静电偏转力与磁场偏转力相抵消的方法来确定粒子的速度，这也很巧妙。这是他的睿智之二。

于是，在前面提到的那个"不起眼"的晚会上，就有一个人（读者应当知道是谁）做了"论阴极射线"为题的报告，并随即发表了同名的论文，正式宣告了电子的发现。

也有资料说，汤姆森向英国皇家研究所报告了自己的工作。

现在，我们终于明白，"为何是你汤姆森"，而不是别人发现电子了。

其后两年内，汤姆森还做了大量工作，终于使科学界承认了电子的存在。他也因此荣获 1906 年诺贝尔物理学奖。

关于"电子"这个名称，还有一段趣话。1897 年 4 月 30 日，汤姆森在晚会上称电子为"电粒子"或"微粒"，1898 年人们才改称"电子"（electron），汤姆森却始终不称"电子"；而这一名词则是爱尔兰物理学家斯托尼（1826—1911）在 1891 年提出来的，当时只是表示电荷的最小（基元）单位。

那么，发现电子又引起了什么样"巨大的震动"呢？

首先，结束了关于阴极射线本质长达近 40 年的争论，使物理学走出了"烟消日出不见人"的困境。

其次，电子是人类最早发现的一种"基本粒子"，这为后来发现各种基本粒子奠定了基础。

最后，毁灭了 2 000 多年来"原子不可分"的陈腐观念——这具有哲学意义，打开了"原子的大门"。"向原子进攻"和"分裂原子"成为世纪之交科学领域中最振奋人心的口号，从而使物理学在 20 世纪初发生了一场新的革命，并终于促成量子力学和相对论力学的诞生。

"一分钟胜两小时"

——灯泡体积这样测

"算出来没有？"美国大发明家爱迪生问他的助手——美国数学家、物理学家弗朗西斯·罗宾斯·阿普顿（1852—1921），声音大得有点不耐烦。

"刚好算了一半。"阿普顿头也没抬——边计算边回答。他心中暗想："这么复杂的问题，哪里会这么快就能解决呢！"

爱迪生有些生气了，但终于还是耐着性子继续等待。

爱迪生在新泽西州米德尔塞克斯县（Middlesex County）拉里坦镇（Raritan Township）门罗

阿普顿

公园（Menlo Park，一译门罗邨，音译为门罗帕克）的实验室里的助手阿普顿，毕业于普林斯顿大学数学系，还在德国深造过 1 年，因此数学基础比较扎实。

阿普顿看到爱迪生盲目试验了几年，白炽灯还是没有成功，就设计出一套系统性的试验方案，使试验走上了正轨，提高了效率。1878年秋天，爱迪生还听从了阿普顿的劝告，从英国买回来一台水银流注高真空抽气泵。它是出生在德国的英国物理学家、发明家斯普伦格（1834—1906）在 1865 年发明的。在这台抽气泵的帮助下，当年 10 月就得到约 0.1 帕的较高真空度，解决了灯丝容易耗蚀的问题，最终使白炽灯研究成功。

有了这些经历，爱迪生就经常对阿普顿委以重任。

一天，爱迪生把一个灯泡交给阿普顿，让他算出灯泡的体积。凭借较深的数学功力，这种只要初等立体几何就可解决的问题，对阿普顿只不过是"小菜一碟"，于是他爽快地承担了这一任务。

阿普顿拿着灯泡打量了一会儿之后，就开始量尺寸，画图形，写符号，列算式。

一个钟头过去了，爱迪生走过去一看，纸上密密麻麻地写着一大堆公式、数字，用去 10 多张 16 开纸。于是就有了前面的对话。

满头大汗的阿普顿

又一个钟头过去了，爱迪生看阿普顿还没有算完，就不耐烦地拿过灯泡说："何必这么复杂！"

今天的爱迪生是怎么啦——满头大汗的阿普顿迷惑不解。

只见爱迪生把灯泡浸在一个装有水的大量杯内，看水在灯泡浸入前后的刻度之差。不到一分钟，灯泡的体积就测算出来了。

"啊！"阿普顿恍然大悟。

从这个"一分钟胜两小时"的故事可以看出，做事必须讲方法，实干和苦干不可少，但巧干往往会事半功倍；理论水平高和实践经验丰富的人各有所长。

这种简便的、利用水来求体积的方法，最早是从古希腊科学家阿基米德开始的。到了 16 世纪，21 岁的意大利科学家伽利略改进了阿基米德的方法，设计了一种"称"体积的秤，还专门为此写了一篇叫《小秤》的论文。

爱迪生是一位经验主义的实验家。由于他没有受过正规系统的教育，理论水平不高，所以他在进行科学发明时采用的方法是，从实验中找到解决问题的办法。重视实验胜于理论使他取得了许多成功，但也走了很多弯路。

爱迪生为何"失算"
——钱要用到实验上

"你是还有什么条件吧？不要紧，请说吧！"

1877 年，爱迪生为西部联合电报公司（Western Union）董事长欧顿发明了改良电话。之后，欧顿准备以 10 万美元的价格买下这个发明，爱迪生答应以后，欲言又止。此时，欧顿有些紧张地看着爱迪生说。

"是的，有个条件。我希望，那 10 万美元最好是分 17 年给我，每年给我 6 000 美元，可以吗？"

爱迪生

欧顿大笑起来："你失算了，爱迪生先生！你算过吗？10 万美元存银行，每年的利息将超过 6 000美元！这就是说，我每年只需付 10 万美元产生的利息给你，而 10 万美元的本金就不需要给你了，这算什么条件！"

爱迪生却坚持说："如果这样你也有利的话，咱们就两全其美，定了吧？"

当后来人们谈起爱迪生的这一"失算"的时候，爱迪生解释说："我搞发明研究，常常抱负很大，一有钱就投进发明研究之中。要是一次就收到 10 万美元，我肯定会全部用于实验。钱用光了，我还得为每年的生计发愁，还有什么时间和心思搞实验呢？"

后来，爱迪生又为西部联合电报公司发明了"高音电话机"，也得到 10 万美元的报酬。付款时，他坚持了同样的条件。

那么，爱迪生究竟是失算了呢，还是"得算"了呢？

我们说，爱迪生是"得算"了。

理由很简单，他在无法控制自己的"一有钱就投进发明研究之中"的欲望的时候，让别人为他"管住钱包"。

爱迪生的睿智在于，他用他认为是唯一的方法，保证了发明研究——包括生计持续正常地进行。

谁也说不清爱迪生一生有过多少次"失算"，但没有一个人认为他真正糊涂。

当我们无法控制自己的某些欲望而可能陷入困境的时候，不妨学一学他这种思考问题的方法——但不必"照葫芦画瓢"。

"蔷薇园"中的"骆驼"
——爱迪生为什么能成功

"那儿美丽非凡。"爱迪生在临终之前凝视着窗外，喃喃地说。

1931年10月17日这天，秋风飒飒，落日的余晖映在窗台上。

爱迪生已经昏迷了好几天。医生们围着他输液、打针。针打下去，爱迪生只短暂地清醒了一会儿，看见妻子米娜·米勒（1865—1947）泪水涟涟地坐在床头，他用微弱却平静的声音说："别难过，我为人类的幸福已经尽了心力，没有什么好遗憾的了！"

爱迪生

1931年10月18日凌晨3点24分，爱迪生的生命燃尽了最后一丝火花……

没有人知道他的"美丽非凡"，具体在指什么。

没有人不知道他的"美丽非凡"指的什么：他的人生、他的理想、他的成功，他的失败、他的失误……

这里，我们要对他的"美丽非凡"，来一个奇妙的具体诠释。

爱迪生试验蓄电池的时候，试验了9 000多种材料，失败了50 000多次。

这时，一个人问他："你一而再，再而三地失败，为什么还要继续搞呢？"

"失败？"爱迪生回答说，"我没有失败。现在我的成就是知道了50 000多种不成功的方法。"

爱迪生决不动摇的信念，还表现在他和他的一个助手的交谈之中。

一次，在做了一系列艰苦的电灯试验之后，一个助手泄了气。爱迪生面对此情此景，立即说·"我们没有失败，因为我们知道了有几千种方法是行不通的，因此就离那个正确的方法近了几千步。"

事实上，在用1 600多种耐热材料和6 000多种（采集了1.4万多种）植物纤维做了灯丝试验之后，爱迪生的电灯才发明成功。于是，在爱迪生的3 000多本实验册中的一本上写道："1879年10月21日进行了第7 895次试验，灯丝的材料为碳化丝棉。"

萨迪

"失败是成功之母"这饱含哲理的格言，早已为"广大人民"所熟知。然而，"说起容易做起难"——许多人在经过多次失败之后，往往选择了"放弃"。在这一点上，这"许多人"都不如爱迪生：既没有用恒心去铺设"通天之路"，也没有用睿智去认识成败之间的哲理关系；最终"前功尽弃"而"长使英雄泪满襟"。

这"许多人"不明白一个朴素的真理："成功，往往就在坚持一下的努力之后"。用中国女排主教练和队员们喜欢的流行歌曲来唱，就是"阳光总在风雨后""风雨之后有彩虹"。

深谙此道的爱迪生的"美丽非凡"，就是指的风雨之后那又一道美丽的彩虹——将出现在他将去的美丽的天堂。

联系爱迪生、"101""606""914"……的成功，使我们想起了《蔷薇园》中的诗句，它是"古波斯四大文豪"之一的伊朗诗人萨迪（1209—1291）在1258年写的：

"事业常成于坚忍，

毁于急躁。

我在沙漠中曾亲眼看见，

匆忙的旅人落在从容者的后边；

疾驰的骏马落在后头，

缓步的骆驼继续向前。"

无人认识 = 有人认识
——二"爱"始终有理

"爱迪生先生,"一位朋友说道,"看您身上这件大衣已经破得不像样了,您应该换一件新的。"

爱迪生对于穿着历来都很不介意。有一天,他在纽约偶然遇到一位老朋友,于是有了上面的劝诫。

"用得着吗?在纽约没有人认识我。"爱迪生毫不在乎地回答。

斗转星移,几年以后,爱迪生成名了。他在纽约街上又碰见了那个朋友,这位大发明家还是穿着那件破大衣。

"哎呀呀,爱迪生,"那位朋友惊叫起来,"您怎么还穿这件破大衣呀?这回,您无论如何要换一件新的了!"

"用得着吗?"爱迪生仍然毫不在乎地回答,"这儿已经是人人都认识我了。"

爱迪生一天到晚都在关心工作,哪里会去关心穿着,所以这个回答既是真实写照,也是睿智的随机应变。

可不是么,经常看到的爱迪生的衣着是:各色油漆布满开着"大小天窗"的全身,仅存的"亮点"是衣服倒还干干净净——可这是他贤惠的妻子洗的。

这是美国发明家"爱",在美国的故事。

无独有偶,德国科学家"爱",也有一个类似的故事。

一天,到美国不久的爱因斯坦在纽约的街道上遇见一位朋友。

"爱因斯坦先生,"这位朋友说,"你似乎有必要添置一件新大衣

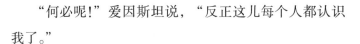

了。瞧，你身上这件多旧呀！"

"这有什么关系？反正在纽约谁也不认识我。"爱因斯坦回答说。

同样是"物是人非"的几年以后，他们又偶然相遇了。

这时，爱因斯坦已经成为被大家认识的大物理学家，但还是穿着那件旧大衣。他的朋友又不厌其烦地劝他去换件新大衣。

爱因斯坦

"何必呢！"爱因斯坦说，"反正这儿每个人都认识我了。"

爱因斯坦的这个故事，有另外一个在德国的版本。说他是在成名之前，一个朋友提醒他，要有一件新大衣才能进入社交界。此时，他回答说："默默无闻，即使穿得再漂亮也没有人认识我。"

爱因斯坦成名以后，这个朋友再次提醒他赶快做一件新大衣，否则破烂的穿着与大科学家的名声"不相称"。此时，爱因斯坦笑着回答："现在我即使穿得再破烂些，也会有人认识我的。"

爱因斯坦不修边幅是出了名的，有时他甚至穿着运动衫和凉鞋到柏林大学去上课。在朋友们不以为然的时候，他却戏谑地说："要是布袋子比里面的肉更好，那可是一件糟糕的事。"

是的，"肉"的确比"袋子"好。我们不应该花过多时间从外表上去"装饰"自己，而是应该让自己的精神骨骼站立起来，才会在这个世界上立于不败之地。

对此，我回忆起一句名言："衣服穿得干净整齐可能会引起人的尊敬，但不一定都如此……"

能看懂和弄不懂
——爱因斯坦和卓别林

"您的电影《摩登时代》世界上的每一个人都能看懂。您一定会成为一个伟大的人。"

20世纪的一天，出生在英国、曾活动在美国等地的电影大师、喜剧大师查尔斯·卓别林（1889—1977），突然收到当时住在美国的大物理学家爱因斯坦的一封信，信中这样说。

原来，爱因斯坦非常爱看，而且特别推崇反法西斯的坚强战士卓别林的电影，于是写了这封信。

爱因斯坦

头戴圆顶礼帽、脚蹬大皮靴、手持竹杖、像鸭子一样走路，是卓别林电影的主要喜剧形象。这些电影以对邪恶的辛辣讽刺而闻名，走进了寻常百姓之中，当然也得到爱因斯坦的青睐。

读了来信，卓别林略加思索后，回信写道："我更加钦佩您。您的相对论全世界多少人都弄不懂，但您已经是一个伟人了。"

物理学大师爱因斯坦对卓别林是真心"吹捧"，电影大师卓别林对爱因斯坦则是"来而不往非礼也"。卓别林的睿智在于"以其人之道还治其人之身"，还巧妙地使用了"对称"手法——"弄不懂"和"能看懂"。

爱因斯坦和卓别林还有一次直接交往。

1931年，爱因斯坦专程拜访了卓别林，他们共同乘车前往洛杉矶，

参加电影《城市之光》的首映式。

在那里，人们认出了爱因斯坦和卓别林，并热烈欢迎他们。

卓别林对此评论说："人们向您鼓掌，是由于没人懂得你；而向我鼓掌，则是由于任何人都懂得我。"

卓别林的幽默、睿智和应变能力，还表现在他身处险境的时候。一次，他带着钱去乡间别墅的路上遇见了一个强盗，强盗用手枪逼他交钱。卓别林"答应"之后说："朋友，请在我的帽子上打两枪，我回去后好向主人交代。"强盗照办了。卓别林又说："请再把我的衣服打两个洞。"强盗虽然不耐烦，但也做了。卓别林央求强盗再把裤脚打几枪："这样更逼真。"强盗对"啰唆"的卓别林边骂边打，可到了后来，却连扣几下扳机也不见枪响——没子弹了。趁强盗发懵的瞬间，卓别林立即拿着钱骑车飞驰而去……

卓别林

"思索在鼻子中进行"
——爱因斯坦"借题发挥"

1922 年，爱因斯坦在日本旅行讲学，陪同的日本画家岗本一平为他画了一幅肖像。

画好之后，岗本一平请爱因斯坦签名题字。

爱因斯坦看了看肖像画，画中他的鼻子向外伸开，显得很丑，但有种被夸张了的幽默感。他看了很满意。签完名后，从名字处画了一个箭头直指画像，表示画的是他。然后，用德文题了字："思索在鼻子中进行——声音像坦克，深邃如水库。"

"三句话不离本行"的爱因斯坦这次又幽默了一把——在自己被丑化了的时候。

这是一种幽默——它是睿智的闪光，是灵魂净化之后盛开的美丽花朵，是坦荡胸怀、丰富想象力、广博知识和运用语言技巧的"合金"。

爱因斯坦不止一次在自己被丑化了的时候表示满意。例如，不少人曾在公开场合大骂爱因斯坦，而在旁边鼓掌的人之中，就有爱因斯坦。

爱因斯坦

当然，这种在自己被丑化了的时候依然彰显的幽默和睿智，并不是自然科学家所独有的。深知个中三昧的美国总统（1860—1864 年第 16 任在任，1864 年第 17 任上任后的 1865 年遭暗杀）亚拉伯罕·林肯（1809—1865）就是其中的一个。

"有人对我说，人们到一个小镇去，选举一个小律师当总统，我绝对不会相信。"1860 年的一天，后来的伊利诺伊州州长（1891—1897 在任）约翰·麦考利·帕尔默（John MCAuIey paImer）（1817—1900）将军，对他在当时并不认识的林肯说。

帕尔默

这里的"小律师"指林肯，他曾自学成才当过多年律师。

当时，林肯坐在理发馆的椅子上，挥起他粗大的手臂推开理发师，把椅子转过来，把手搁在旁边理发的帕尔默的膝盖上说："我也绝对不会相信的。"

用石头砍杀
——爱因斯坦描述第四次世界大战

1939 年和 1940 年，爱因斯坦等人两次上书美国总统罗斯福（1882—1945），希望赶在希特勒之前造出原子弹。最终，美国的原子弹在 1945 年 7 月 16 日 5 时 30 分爆炸成功。

虽然是爱因斯坦上书促成了原子弹的诞生，但他在后来深知原子弹会变成威胁人类和平的魔鬼以后，坚决主张废弃这一杀人武器；但此时跑了出来的"潘多拉魔鬼"已经不能收回来了——美国政府不予采纳。

第二次世界大战结束以后，有人问爱因斯坦："假如第三次世界大战打起来，将会是什么情形？"

"我实在无法知道第三次世界大战打起来的景象。"爱因斯坦回答道，"不过，我却敢断定，假如第四次世界大战打起来的话，双方交锋必将要用石头砍杀。"

爱因斯坦的回答充满了智慧。

首先，爱因斯坦的回答，表达了对疯狂增长的核武器的极大担忧，因为如果第三次世界大战打起来必定是"世界毁灭"。

其次，"世界毁灭"之后，"人类文明"将不复存在，就会倒退到"石器时代"。这样，如果有少数幸存者的话，只好在第四次世界大战中用石头来砍杀。这表达了爱因斯坦对核大国疯狂发展核武器的极度不满，反对发展核武器。

事实正是这样，在爱因斯坦的请求下，美国化学家鲍林（1901—

1992）与其他几位科学家一起，在1946年成立了"原子科学家紧急委员会"，呼吁美国要和平利用科学技术，号召科学家们要抵制核武器。

1955年4月11日，爱因斯坦在《科学家反对战争宣言》上签名。

广岛的废墟：1945年8月6日原子弹"小男孩"在广岛爆炸之后

"当模特"和"真实看法"
——爱因斯坦这样调侃自己

　　爱因斯坦的长相很有特点，所以总是吸引大批摄影师、画家、雕塑家络绎不绝地前来，请他摆姿势，做造型，让他们摄、画、雕。

　　一天，一个和爱因斯坦初次见面的客人问爱因斯坦："请问您的职业是什么？"

　　"当模特。"爱因斯坦不假思索而温和地回答。弄得这位客人不知说什么好。

　　爱因斯坦能这样在"身不由己"的时候调侃自己，实在是一种超脱和睿智。下面这个故事也是这样。

爱因斯坦：我的职业是"当模特"

　　爱因斯坦很喜欢孩子，只要有机会，他总习惯和他们亲热一番。

　　一次，一位崇拜爱因斯坦的年轻人把自己才 18 个月的儿子介绍给这位伟大的科学家。

　　当孩子抬头看到爱因斯坦那张颇为怪异的脸的时候，忍不住尖声啼哭了起来。这一哭，使年轻的父亲感到非常尴尬。

　　可是，爱因斯坦丝毫没有生气，他慈祥地抚摸着孩子的头，风趣地说："这么多年来，他是第一个把对我的真实看法直接告诉我的人。"

　　爱因斯坦在身不由己调侃自己的时候，有时也有几分无奈。下面这个"超时拒答"的故事，就是如此。

　　1930 年，爱因斯坦应邀乘船去美国加州，当他登岸时，就被一群记者包围，无法脱身，只得宣布接受为时 15 分钟的采访。

有记者问爱因斯坦："您在美国会快乐吗?"

爱因斯坦回答说："如果你们能让我多看看美国，我一定会很高兴；但现在你们一直包围着我，我只能从你们头上看到天空的景色。"

记者的询问越来越激烈，一下子超过了 15 分钟。爱因斯坦只好宣布："不再回答问题了。即使是一头乳牛，也挤不出这么多的牛奶，我已经被你们榨干了!"

"小不点"和"天文学家"
——"文字易位"之后

爱因斯坦建立相对论之后，科学界的有识之士认为这是震撼世界的理论，是科学发展史上划时代的里程碑。

爱因斯坦成了科学界公认的"伟人"。

也有人要千方百计地贬低爱因斯坦。

"在天文学家眼里，人不过是无际宇宙中的一个无足轻重的小不点。"在一次科学会议上，一位天文学家对爱因斯坦这样说。

"是的，我也经常这样想。不过，我知道，那无足轻重的小不点就是天文学家。"爱因斯坦回答。

本来，在通常情况下，"天文学家是小不点"和"小不点是天文学家"并没有"天渊之别"。在上面的特殊场合，爱因斯坦却利用顺序的颠倒来巧妙地嘲讽了那位天文学家。

爱因斯坦使用的方法，叫"文字易位"或"词序变换"。利用文字易位或词序变换来达到某种目的，是一种非凡的睿智。下面就是几则这样的趣味故事。

中国古代有个寓言，说宋国的狙公（狙是中国古人对猴子的一种称呼，狙公泛指养猴子的人）因经济拮据，打算降低他所喂养的猴子的"伙食标准"，于是和猴子商量："今后你们每天只能吃七颗栗子了：早上吃三颗，晚上吃四颗（'朝三暮四'），行不？"猴子们都不同意。于是，狙公又说："那么，改为早晨吃四颗，晚上吃三颗（'朝四暮三'）吧！"猴子这才没有意见了。

故事里的狙公并没有增加每天栗子的供应量，只是变动了两个数字的位置，也就是改变了供应方法，就消除了猴子的不满。

中国国民党元老于右任（1879—1964）写得一手好字，一位同僚想请他写一幅中堂，遭到拒绝。

于右任及其墨宝

过了几天，这位同僚和于右任闲谈中讲到某处公共卫生不好，请于右任写个告示。于右任对公益事务向来热心，趁着兴头，提起笔来，在同僚早已准备好的六张纸块上写道："不得随处小便"。

同僚兴冲冲地回去之后，把这些字贴到了自己家中——于右任的题词变成了一句通俗的格言："小处不得随便"。

中国清代江苏某地有个恶棍，吃喝嫖赌，明抢暗偷，村民们恨透了他。

有一次，这个恶棍闯进一位卧床病妇的房间，揭开病妇的被子，抢走了她手上的玉镯。村民们写了状纸，要去县衙告这"揭被夺镯"的罪行。当地一位姓李的讼师告诉村民："你们这样告状，他是不会受到严惩的，不如改为'夺镯揭被'。"

果然，县官接过修改后的状纸，经过审问，按抢劫和企图强奸的双重罪名，从重惩罚了这个恶棍。因为"揭被夺镯"是一个偏正结构的词组，"揭被"是为了"夺镯"，突出的是抢劫的过程，只包含一条罪状；而"夺镯揭被"，是一个并列结构的词组，第二条罪状也被揭露出来了。

中国晚清名臣、政治家、军事家曾国藩（1811—1872）本是太平军的手下败将，但因为把幕僚起草的奏章中"臣屡战屡败"改为"臣屡败屡战"，竟然得到皇上的重重犒赏。

马克思的至理名言非常准确："批判的武器当然不能代替武器的批判，物质力量只能用物质力量来摧毁。"

"说不好，不好说，不说好。"这种文字易位之后含义完全不同，显示出中国文字的魅力，十分有趣。类似而不同的例子是："不怕辣，辣不怕，怕不辣""有什么吃什么，吃什么有什么"。

不能把因词序的重新排列而产生的含义差别，仅仅视为一种文字游戏，而应该掌握这种技巧，更好地表达思想。

"一票"这样"二用"
——爱因斯坦智帮老人

"轰隆隆，轰隆隆……"一列火车沿着德国北部平原向西飞驰。

爱因斯坦就在这列火车上——他要到德国西部的科隆去开学术会。

"哐当，哐当……"火车快进科隆站了。旅客们都掏出自己的车票，做好出站准备。这时，车厢里有人哭了起来。

爱因斯坦一看，原来是一位老太太——她的车票找不到了。老太太立即去找列车员交涉，她说，她记得中途查票时交给了列车员，可是列车员矢口否认。

爱因斯坦看见以后，忙走过去安慰她："老太太，您把我的车票拿去吧。"

"哧……"一阵长长的排气声之后，火车停靠在科隆站上。同车的旅客都很担心，不知这位好心的学者怎么能平安地走出检票口。要知道，无票乘车的人，不仅会被处以 5 倍的罚款，而且还会被关进警察局。

可爱因斯坦却泰然自若，让那老太太走在他前面。

老太太平安地出站了，可爱因斯坦被拦住了。检票员向他要车票，他的脸腾地红了。检票员一见，就拉他到管理室去。

到了管理室，爱因斯坦突然指责检票员粗野无礼，并且说，他的车票已经给了检票员。

那检票员先是一愣，然后与他大吵起来。这时，站长出来了。爱因斯坦见时机到了，就向站长说："我经常乘车外出，就怕遇到这一类麻烦事，所以有个习惯，在车票的背面总要写上自己的名字。您要是不信，可以在那些车票中查一查。"

站长让检票员去查，果然有一张写着爱因斯坦名字的车票。在"如山铁证"面前，检票员只好向他道歉。

"不必了。"

说罢，爱因斯坦扬长而去……

当然，我们并不提倡和赞同爱因斯坦帮助老太太"逃票"的行为。只是想通过这个故事来说明爱因斯坦的脑袋就是管用——否则他就不是我们今天知道的特立独行的爱因斯坦。

倒霉的炉子不辐射
——爱因斯坦智接话题

19 世纪和 20 世纪之交的物理学走到了十字路口。此时的一个革命性理论是量子论，而它是由黑体辐射问题引起的。

黑体，是指一种能完全吸收电磁辐射而完全没有反射和透射的理想物体。物理学家们用它来研究热辐射。

在日常生活中，特别是在冬天烤火和在冶炼过程中，人们都知道：当物体受热但温度不太高的时候，只能发射出人眼看不到的热射线（红外线）；温度升高到一定的程度，就会发出红光（物体变红），温度继续升高时，物体会发亮，发出强烈的白光，即发出大量波长比红光更短的光；温度更高，就会发出大量蓝光。对于这个现象的精密实验观测和理论，是物理学家们在 19 世纪末开始的一个重要研究课题。

高温物体会辐射出白光

黑体辐射的特点是，各种波长（颜色）的辐射能量的分布形式只取决于黑体的温度，而同组成黑体的物质成分无关。

1893 年，德国著名的物理学家维恩（1864—1928）教授发现了热辐射定律——维恩位移定律。维恩位移定律是指黑体的热力学温度同它所发射能量的最大波长成反比。他也因为这个发现在 1911 年独享诺贝尔物理学奖。

德国物理学家劳布·约翰·雅格布（Laub Johann Jakob）是维恩的

学生。他的学位论文中涉及相对论，维恩不同意他的观点，叫他去找相对论的创立者爱因斯坦请教。于是劳布·约翰·雅格布专程到伯尔尼拜访爱因斯坦。

碰巧，爱因斯坦一个人在家，他正跪在地上生炉子。

听到访客讲明来意以后，爱因斯坦立即扔下捅火棒，伸出两只乌黑的手。客人稍稍迟疑了一下，爱因斯坦也没有察觉，于是两只乌黑的手和两只白净的手握在了一起。

爱因斯坦用手背擦了一下被煤粉染黑了的额头，笑着说："你看，我和客人谈辐射，可是这个倒霉的炉子，就怎么也辐射不出热来。"

相对时间、波粒二象性、质能关系
——火炉与记者、谣言、守财奴

有一次，热情"追星"的群众包围了从德国移居美国的爱因斯坦的住宅，要他用"最简单的话"解释清楚他的相对论。当时，据说全世界只有几个高明的科学家看得懂他关于相对论的著作。

爱因斯坦走出住宅，对大家说："比方这么说——你同你最亲的人坐在火炉边，一个钟头过去了，你觉得好像只过了五分钟！反过来，你一个人孤孤单单地坐在热气逼人的火炉边，只过了五分钟，但你却像坐了一个小时——唔，这就是相对论！"

时间过得快还是慢，得看您自己

爱因斯坦对相对论的这个"解释"，还有下面这个大同小异的"美女版"。

一天，一大批学生围着爱因斯坦，请他解释相对论。爱因斯坦风趣地说："假如您和一位漂亮的姑娘一起度过一个小时，感觉起来就像只过了一分钟；假如您孤独地坐在火炉旁坐一分钟，就会感觉似乎过了一个小时。这，就是相对论。"

当然，爱因斯坦并没有真正解释清楚他深奥的相对论中"时间是相对的"这一结论，但是他却诙谐睿智地用比喻诠释了一个司空见惯的现象——"欢娱嫌更短，寂寞恨夜长"。

又有一天，一个美国女记者真诚地采访爱因斯坦，问道："依您看，时间和永恒有什么区别呢?"

面对"求答如渴"的女记者，爱因斯坦"虚伪"地笑了笑，回答说："亲爱的女士，如果我有时间给你解释它们之间的区别的话，那么，我们解释完了的一刻，当你明白的时候，永恒就消失了！"

爱因斯坦对量子力学中的波粒二象性的解释也很通俗和幽默。他说："伦敦的一个谣言很快就传到了爱丁堡，可是没有一个传播谣言的人曾经往来于这两个城市之间。这里有两种不同的运动，一种是谣言由伦敦到爱丁堡的运动，另一种是传播谣言的这些人的运动。"

我们看到，爱因斯坦说的"谣言由伦敦到爱丁堡的运动"是波粒二象性中的"波"，而"传播谣言的这些人的运动"则是波粒二象性中的"粒"。他的解释真是绝了。

1946 年，爱因斯坦对物质中蕴藏的巨大能量、质能关系和原子弹的危害，也用了下面这个"一箭三雕"的通俗比喻。

原子 M 是个富有的守财奴，在一生中没有用过一个铜板，因此没有一个人能说得清他究竟有多少财产。这是比喻原子能。

爱因斯坦替守财奴把财产分给儿子

在遗嘱里，守财奴宣布把财产传给两个儿子，但是有一个条件：他俩必须把财产总量的 1/1 000 分给社会，对社会做出贡献。这样，两个儿子的总财产仅比父亲稍微少一点。这是比喻质能关系。

尽管两个儿子分给社会的那部分很少，但发挥的作用却非常巨大，以致罪恶的威胁也一同到来。这是比喻原子弹的巨大危害——当年建议生产原子弹的爱因斯坦，在看到它对世界和平的威胁时，就谴责核武器竞赛了。

"甲壳虫爬球面"

——爱因斯坦的"相对论意识"

1919 年 3 月 14 日，爱因斯坦的 40 岁生日。全世界的报纸都发表了有关他的文章。

在柏林爱因斯坦的住宅里，装满了好几篮子从世界各地寄来的祝寿信件，祝寿的人也络绎不绝。

看到如此门庭若市的场面，爱因斯坦接近 9 岁的儿子爱德华·爱因斯坦（1910—1965）问："爸爸，你究竟为什么这样有名呢？"

爱因斯坦听后，先是爽朗地哈哈大笑，然后意味深长地说："你瞧，甲壳虫在一个球面上爬行，可它意识不到它所走的路是弯的，而我能意识得到。"

爱因斯坦的这个比喻，既解释了他的相对论中的"弯曲空间"，又道出了科学发展中人的才华的突出特征。下面，我们简单剖析这两方面。

首先剖析弯曲空间。

1854 年，德国数学家黎曼（1826—1866）在任没有报酬的讲师职位之时，要进行"就职演说"。他为此准备的 3 篇论文中，有一篇的题目是"关于几何学基础的假定"。这篇杰出的论文创立了不同于罗巴切夫斯基非欧几何的另一种非欧几何——黎曼非欧几何。

黎曼

在黎曼的非欧几何中，突破了欧几里得"平

直空间"的束缚，创立了"弯曲空间"。

61 年以后，40 岁就英年早逝的黎曼创立的非欧几何，在爱因斯坦的广义相对论中得到了光辉的应用，因此，爱因斯坦用"甲壳虫在球面上爬"来解释他的相对论就很自然了。

再剖析科学发展中人的才华的突出特征。

科学发展中人的才华的突出特征是创造性。在人类的一切活动中，创造性是最有价值的一种能力。只有创造，才能使科学"百尺竿头，更进一步"。要使自己出类拔萃，必须在创新上下苦功。唯有创新，才能突破自己；唯有创新，才能超越别人。

弯曲的空间，诡谲的宇宙

爱因斯坦是深谙创新三昧的大师，于是他抽出倚天长剑，果断地把牛顿力学这座"大山"斩断，建造了他的相对论……

要创新，就必须敢做"大梦"，有"非我莫属"的信心与气概！

有理不在人多
——爱因斯坦的 1＝100

"100 位？干吗要这么多人？"1930 年，德国出版了一本批判相对论的书，书名叫作《100 位教授出面证明爱因斯坦错了》。爱因斯坦知道之后，仅仅是耸了耸肩说，"只要能证明我真的错了，哪怕是 1 个人出面也足够了。"

爱因斯坦用一句话就足以打败对相对论的疯狂进攻。这个进攻是由希特勒发动的，目的是为了消除爱因斯坦对他的消极影响——他害怕纳粹迫害过的爱因斯坦名声越来越大。

是的，有理不在"人海优势"。我们虽然有"少数服从多数"的原则，有时也用"简单多数"（大于 1/2）和"绝对多数"（通常大于 2/3，有时大于 4/5）来决定取舍，但正确与否却只能依靠实践的检验。要知道，还有一句我们经常引用的话是：真理有时在少数人手中。

事实的确如此。爱因斯坦的相对论，特别是其中的广义相对论，当初全世界只有几个人识得"庐山真面目"。

可不是么？在第二次世界大战期间，英国天文学家爱丁顿（1882—1944）在做相对论报告的时候，一个物理学家对他说："您是这个世界上懂得并熟悉它的三个人之一。"他还惊奇地问："第三个人是谁？"由此可见相对论的确难懂。爱丁顿等人以 1919 年观察到日食时光线在太阳附近弯曲，从而初步验证了相对论的

尼加拉瓜于 1971 年 5 月 15 日发行的邮票

这一预言而闻名。

于是，"有人说：衡量一位伟大的作者的最好标志，在于他的书刚刚出版的时候只有 10 个读者，十年、百年之后会增加到 100 个、1 000 个。"这段话，可以在《三旋理论初探》（王德奎著，由四川科学技术出版社在 2002 年出版）一书的"序 9"页中看到。

其实，有爱因斯坦这种智慧的名人远不止一个，英国著名哲学家和数学家罗素就是其中之一。他说："一件愚蠢的事情，即使有五千万人在说它对，但它仍然是一件愚蠢的事情。"伽利略则说："在科学上一千位权威也抵不上一个卑贱者的充分论据。"

在被误解之后

——爱因斯坦"借题发挥"

"哗的一下，照来了强光。

像出鞘的利剑，照得人眼花；

像齐鸣的鼓号，震得人耳聋。"

英国著名天文学家、剑桥大学教授爱丁顿的感觉，就像这首歌德的诗中的描写。

爱丁顿为什么有这种奇妙的感觉呢？

原来，爱因斯坦在广义相对论中说，引力场中的光线会弯曲，并预言接近太阳的恒星光线将会偏离大约 1.75 弧秒。他还建议，在下一次日全食的时候，通过天文观测来验证这个理论的预见。

爱丁顿看到这些预言以后，决定派出两支观测队，分别到西非的普林西比岛和南美洲的索布腊尔实地观测 1919 年 5 月 29 日发生的日全食，来验证爱因斯坦的理论。

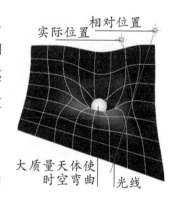

引力场中的光线弯曲

爱丁顿率领的西非那个队在 5 分钟的日食过程中，拍了 16 张照片。头几张冲洗出来的照片上，不见星星的踪影，大家很失望。

突然，第 13 张照片上星星的影像开始清晰起来。大家屏住呼吸，仔细查看。在最后一张照片上，太阳周围的几颗星星都向外偏转，其角度很接近 1.75 弧秒——爱因斯坦预言的角度。

一个"离经叛道"而又玄妙怪诞的理论被初步验证，于是，爱丁顿自然就有了前面那种奇妙的感觉。

由美国人率领的去南美洲的那个队，也得到类似的结果。

全世界都被这些星星的小小光点所震动。1919 年 11 月 6 日，英国皇家学会和皇家天文学会在伦敦正式宣布，日全食的观测第一次初步精确地验证了爱因斯坦的广义相对论。

广义相对论被验证，给爱因斯坦带来了极大的欢乐。

一天，爱因斯坦拿出了爱丁顿寄来的照片，高兴地对一位来访者说："真是出色极了！"

来访者以崇敬的口吻对爱因斯坦说："当然，广义相对论是您的杰作，它将用金字写在科学史上！"

爱因斯坦听完之后，知道他的话被误解了，于是皱起了眉头："我说的是这些照片，它们真是出色极了。至于说到广义相对论，它并不是偶然地得到了验证，我一直确信它必然会被验证。我所庆幸的，是在我活着的时候能看到这个结果！"

在这里，爱因斯坦利用来访者的误解，睿智地表达了他对广义相对论必然被验证的坚定信念。

大纸篓好装错误
——爱因斯坦心中有"数"

爱因斯坦在1933年10月17日移居美国新泽西州普林斯顿市以后，担任了普林斯顿大学教授，主持高等研究院的数学研究所工作。

爱因斯坦被带到普林斯顿大学他的办公室那天，有人问他需要什么工具。

"我看，一张书桌或台子，一把椅子和一些纸张、铅笔就行了。啊，对了，还要一个大废纸篓。"爱因斯坦回答说。

"为什么要大的？"

"好让我把所有的错误都扔进去。"

好个"所有的错误都扔进去"！"圣人"

爱因斯坦："……要一个大废纸篓。"

爱因斯坦确定无疑地认识到他在这里的"将来"和不在这里的"过去"，都一定会犯"大纸篓"才能"装下"的许多错误——他心中有"数"，而且能坦然面对这些错误。

爱因斯坦的这种认识，是一种大智慧。正如一句犹太格言所说的那样："岁月是不会制造圣人的，它只会制造老人。"

据说，美籍华人、1976年诺贝尔物理学奖得主之一的丁肇中（1936— ）曾经说过，他没有犯过大错误。可就是这样"没有犯过大错误"的能人也有"一问三不知"的时候——2003年初他在上海交通大学讲演后面对交大学子的三个问题，接连回答了三个"不知道"。这三个问题是：正反物质世界之间会发生什么具体情况；物质是否存在正反物质之外的第三种状态——就像正负数之外有零那样；反物质世界具体是个什么情况？

另一位美籍华人、1957年诺贝尔物理学奖得主之一的杨振宁（1922—　）则说，帮助过他的美国"氢弹之父"泰勒（1908—2003）经常提出的许多新观点中，有95%以上都是错的，但这并不影响他杰出的物理学家的地位与声誉。

人不可能不犯错误，而且犯错误不一定是坏事——"错误是正确之母"。对此，瑞士神经病学家卡尔·古斯塔夫·荣格（1875—1961）有精辟的论述："知识不仅仅依赖真理，也依赖错误。"

爱因斯坦的这种态度，折射出他对成功的坚定信念和对自己能力的自信。

爱因斯坦的这种面对，也是一种力量和美德。

荣格

一些人喜欢文过饰非，怕的是降低自己的"威信"。其实，这是一种怕被错误击倒的缺乏力量的表现。不能坦然面对错误，并用实际行动改正，这是再次犯错，这第二次错误，就"升级"为丑行了。

这种力量和美德，在丹麦物理学家尼尔斯·玻尔（1885—1962）的身上，也体现得非常完美。

玻尔领导的"哥本哈根学派"聚集着一大批杰出物理学家。当有人问他是用什么"磁铁"来吸引这些人的时候，他爽快地回答："我只是不怕在年轻人面前暴露自己的愚蠢。"

外国学者如此，中国也有不少学者如此。中国近代哲学家、思想家、史学家、文学家、美学家王国维（1877—1927），对《尚书》和《诗经》有很深的研究。他每次给学生讲解的时候，总要声明自己还有四五处没有搞懂。不过，这并没有影响他的大学者地位。现代中国教育家和数学家、北京大学校长（1984—1989在任）丁石孙（1927—2019），也在讲课讲错了的时候，坦然向学生承认，受到了学生的尊重和欢迎；

而在一次接受中央电视台的采访时，他更有"全面升级版"："我是个失败的校长……"然而，这并不影响他在中国教育史上的地位——在北京大学100周年校庆上，国学大师季羡林（1911—2009）就把他与中国教育家蔡元培（1868—1940）并称为"'北大'历史上值得记住的两位校长"。

由此可见，坦然面对错误并不会降低自己的"威信"。修正错误和坚持真理一样伟大。

"三句话不离本行"
——冯·卡门和爱因斯坦的专业语言

1963 年 2 月 18 日上午，美国白宫的玫瑰园宾客云集，热闹非凡。不必赘言，这里要举行盛大的仪式。

这是一个授奖仪式。为表彰著名的、出生在匈牙利的美国空气动力学家、航空学家冯·卡门（1881—1963）在火箭、航天等技术领域中做出的巨大贡献，美国政府决定授予他美国第一枚国家科学特别奖章即国家科学勋章。

当时的冯·卡门已有 82 岁，并患有严重的关节炎。当他气喘吁吁地登上领奖台的最后一级台阶时，踉跄了一下，差一点摔倒在地上。给他颁

冯·卡门

奖的美国总统（1961—1963 在任）肯尼迪（1917—1963）忙跑过去扶住了他。

冯·卡门微微一笑，轻轻地摆脱了肯尼迪伸过来的手，并对肯尼迪说："谢谢总统先生，物体下跌时并不需要助推力，只有上升时才需要得到一臂之力……"

冯·卡门站稳以后，肯尼迪把金灿灿的勋章挂在老人脖子上，随之全场爆发出热烈的掌声……

冯·卡门以在 1911 年发现水流过圆柱体产生两列交错旋涡（称为卡门旋涡列）的规律而闻名于世。有关这个成果的论文《卡门涡街》，解释了当时流体力学中许多难以解决的问题，并在航空航天领域有重

要的实际应用。

在流体力学和航空航天领域，冯·卡门还有许多其他的卓越理论和实用方面的贡献，生前曾获得过至少 18 个国家的 35 枚奖章。

中国人民的老朋友冯·卡门，曾在 1929 年和 1938 年两次来中国，杰出的中国科学家郭永怀（1909—1968）、钱学森（1911—2009）、钱伟长（1912—2010）、林家翘（1916—2013）等，都曾是他的学生。

"三句话不离本行"的还有一位大科学家。

一天，爱因斯坦在冰上滑了一下，摔倒了。在他身边的人忙扶起他，说："爱因斯坦先生，根据相对论的原理，你并没摔倒，只是地球在那时忽然倾斜了一下，对吗？"

爱因斯坦说："先生，我同意你的说法，可这两种理论对我来说，感觉都是相同的。"

"王水"中的金子
——玻尔、赫维西巧藏奖章

1943年10月的一个晚上，被德国士兵占领的丹麦首都哥本哈根笼罩着一片恐怖气氛，一队队摩托车和囚车亮起魔鬼似的"眼睛"向四面八方散开，向它的目标窜去——法西斯匪徒的又一次大搜捕开始了。

丹麦著名物理学家、曾担任丹麦AB足球队门将的尼尔斯·玻尔（1882—1962），也被列入搜捕名单之中。

德国士兵为什么要逮捕玻尔呢？

原来，玻尔无保留地公开了尚未研制成功的原子弹的威力。这样，坐卧不安的英国首相丘吉尔、美国总统罗斯福都亲自部署了转移他的计划；而在1940年4月就占领丹麦的法西斯德国，当然要赶在同盟国下手之前。

当法西斯德国的铁蹄疯狂蹂躏丹麦，直接威胁到玻尔的科学实验的时候，他对希特勒仅存的

玻尔

能放弃战争的幻想破灭了。于是"离家出走"，就成了唯一的选择。

玻尔必须在德国士兵到来之前收拾好要带走的东西、藏好应藏的物品，逃到瑞典，再取道伦敦去美国。

玻尔的其他物品都收拾好了，最后，他的目光停留在实验台上。除了各种实验仪器，台上还放着一瓶王水和一枚熠熠闪光的诺贝尔金质奖章，它被放在一个小盒子里。

看到这枚奖章，20年前的往事历历在目。1922年12月10日，在瑞

典斯德哥尔摩金碧辉煌的大厅里，玻尔在庄严悦耳的乐曲声中，从瑞典国王手中接过独享的表彰他在原子结构和原子发射谱线方面的研究成果的奖章。现在戴上它，或者即使藏在带走的物品之中，如被发现，也会暴露自己的身份，后果不堪设想；留下吧，又会落入敌人之手。

正在左右为难的时候，玻尔的目光落在那瓶王水上。

"咦，它不是可以溶解一切金属么？"于是他想出一个绝妙的主意：将奖章溶解在王水之中。

玻尔迅速将奖章放进王水……奖章体积越来越小，最后消失得无影无踪，而王水却仍然晶莹透明。玻尔长长地舒了一口气，连忙拿起王水瓶，在茫茫的夜色的掩护下踏上了漫长的征途。

当德国士兵闯进他的实验室时，玻尔一家已经在丹麦抗敌组织的帮助下通过厄勒海峡的一条秘密航道，坐在波罗的海中漂泊的小船上了。接着，他和家人到达瑞典，最终经英国坐飞机逃离虎口，到达美国。另有一种说法是，他的一家在斯德哥尔摩附近荒郊一个废弃的机场上，被秘密藏进改装后的飞机炸弹舱内，在同盟国的安排下辗转英国到达美国。

一年多以后的 1945 年，德国投降。玻尔又回到哥本哈根的实验室，那瓶王水依然清澈如故。

玻尔打开瓶盖小心翼翼地放入一块铜。铜逐渐消失，瓶中出现了一块黄金，这是一年多以前溶入其中的那枚奖章的全部金子。他将金子取出，重新铸成了与原来一样的奖章。

原来，当年黄金与王水发生了如下的化学反应：

$Au + HNO_3 + 3HCl = AuCl_3 + 2H_2O + NO\uparrow$

$AuCl_3 + HCl = HAuCl_4$。

这 $HAuCl_4$ 就是氯金酸。现在，玻尔把铜放在其中之后，黄金就被铜从氯金酸中置换出来了。

玻尔巧藏奖章的故事，被许多科普作品刊载，而且有两个版本，下面是另一个。

这个版本所说的玻尔巧藏的奖章，不是他自己的，而是另外两位科学家的。

1914年，德国物理学家马克斯·冯·劳厄（1879—1960），因为"发现X光在晶体中的衍射"，独享诺贝尔物理学奖。1925年，两位德国物理学家詹姆斯·弗兰克（1882—1964，后来加入美国籍）与海因里希·鲁道夫·赫兹（1857—1894，电磁波的发现者）的侄儿（这位赫兹的弟弟的儿子）——古斯塔夫·弗里德里希·赫兹（1887—1975），因为共同"发现电子对原子碰撞时能量传递的规律"，分享诺贝尔物理学奖。

第二次世界大战开始以后，德国纳粹政府要没收冯·劳厄和弗兰克的诺贝尔奖章，他们只好辗转来找他们的丹麦同行玻尔帮忙保存。

冯·劳厄　　　　　弗兰克　　　　　赫维西

此时，玻尔已经"自身难保"，受人之托后更是急得团团转。幸好在同一实验室工作的匈牙利化学家乔治·查尔斯·德·赫维西（1885—1966）帮他想了个好主意：将奖牌放入王水之中。玻尔最后把溶液瓶放在了实验室的架子上……

赫维西是1943年诺贝尔化学奖的唯一得主，后来取得德意志联邦共和国与瑞典公民身份。

前来搜查的纳粹士兵果然没有发现这一秘密。

战争结束以后的1949年，溶液瓶里的黄金被还原后送到斯德哥尔摩的颁奖者处。1952年，按当年的模子重新铸造后完璧归赵。当时弗兰克的工作之地——美国芝加哥市，还专门举行了一个隆重的奖牌归还仪式。

"不相容原理" 的 "不相容"
——泡利如此尖刻

"哦，这竟然没有什么错。"

一位物理学家死后在"天堂"见到了上帝，当上帝把自己的"世界的设计方案"给他看时，他仔细看完之后点点头，淡淡地说。

天哪！是"万能的上帝"的"完美杰作"啊，可得到的仅仅是"没有什么错"！

看来，这个物理学家是够挑剔的了，连"万能的上帝"都没有得到"他"的热情表扬。那么，"他"是谁呢？

"他"就是出生在维也纳的奥地利物理学家泡利（1900—1958）。

我们知道，泡利写的综述相对论的文章曾经得到过爱因斯坦的高度评价。使他青史留名的，则是他在量子力学上的重大贡献：在1925年发现"泡利不相容原理"和在1930年创立"中微子理论"。特别是"泡利不相容原理"——他因此独享1945年诺贝尔物理学奖。

当然，本来就没有什么"上帝"——上面的故事只不过是一个笑话。

可是，人们为什么要编造这个笑话，并让泡利担任这个故事的主角呢？这就引人深思了。

一次，在塞格雷做完一个报告和泡利等人离开会议室的时候，泡利对塞格雷说："我从来没有听过像你这么糟糕的报告。"当时，塞格雷一言未发。泡利想了一想，又回过头对与他们同行的瑞

泡利

士物理化学家布瑞斯彻说："如果是你做报告的话，情况会更加糟糕。当然，你上次在苏黎世的开幕式报告除外。"

你看，泡利的挑剔达到了极致：在做报告的塞格雷"惨遭打击"之后，没有做报告的、和他一路同行的布瑞斯彻也不能"幸免于难"——跟着塞格雷"一起倒霉"。

那么，这里提到的塞格雷（1905—1989）是什么样的"平庸之辈"，以致做出了"这么糟糕的报告"呢？他是出生在意大利，后来加入美国籍的物理学家。他因为和美国物理学家张伯伦（1920—2006）一起"发现反质子"，共享 1959 年诺贝尔物理学奖。他写的 30.7 万字的、介绍自 19 世纪末以来物理学发展轨迹的大作《从 X 光到夸克——近代物理学家和他们的发现》，曾于 1984 年被翻译成中文在中国出版。

天哪！诺贝尔物理学奖得主塞格雷也被泡利贬低得"一言未发"，可见泡利治学严谨以致尖刻挑剔到了什么程度！

"享受"类似"待遇"的，还有大名鼎鼎的爱因斯坦。在一次国际会议上，爱因斯坦演讲完之后，泡利站起来说："我觉得爱因斯坦不完全是愚蠢的。"

泡利对他的学生也很不客气，有一次一位学生写了论文请泡利看，过了两天学生问泡利的意见，泡利把论文还给他说："连错误都够不上。"

泡利以尖刻而闻名的又一例证则是下面的故事。

有一次，泡利想去一个地方，但不知道该怎么走，一位同事告诉了他。

"那天找到那个地方没有？"后来，这位同事问他。

"在不谈论物理学的时候，你的思路应该说是清楚的。"泡利尖刻地回答。

由于泡利的敏锐和挑剔，具有一眼就能发现你理论中的错误的能力，所以丹麦物理学家玻尔给他起了一个"科学绰号"："物理学的良知"。

当泡利说"哦，这竟然没有什么错"的时候，通常表示一种非常高的赞许，以至于人们编造了前面那个他和上帝对话的笑话。

中苏友谊中的"折中方案"
——王淦昌"两全其美"

"我要发疯了。你们这么重要的结果，为什么不交给我来报告？"

1959 年，在一次学术报告会上，一位美国科学家脸涨得通红，这样嚷道。

这位美国科学家为什么这样激动，他在向着谁嚷嚷？

故事还得从头讲起。

1956 年 9 月至 1961 年初，中国物理学家王淦昌（1907—1998）院士在苏联杜布纳联合原子核研究所任高级研究员，从事寻找新粒子的工作。1959 年秋，他领导的研究小组发现了世界上第一个荷电的负超子——反西格马超子。

其实，在这段时间里，还有一个"第一粒子"的故事。

1959 年初，王淦昌研究组的工作人员在扫描气泡室照片的时候，"发现"了一个寿命比较长（表现为径迹较长）的粒子，在飞行中有衰变为一个 π 介子和一个 K^0 介子的迹象。如果按衰变产物为 π 介子和 K^0 介子进行推算，那么这个长寿命粒子应该是质量为 950 MeV 的介子；但是，在已知的介子谱中，却没有质量为 950 MeV 并带正电荷的粒子，那么它就可能是一种"质量大、寿命为 10^{-9} 秒"的新粒子。

由于这是在稳相加速器得到的第一个新粒子的候选事例，所以苏联同事异常兴奋。在一种早出成果、快出成果的心理作用下，就草率地决定要在基辅召开的第 9 次国际高能物理会议上发表，并命名为"第一粒子"。

与苏联同事形成鲜明对比的是，直接负责寻找新粒子的王淦昌十分冷静。他认为，这一候选事例虽然有可能是发现了新粒子，但在没有得到充分的证据之前，断然不能宣布为新的发现。

在苏联方面的一再要求之下，也考虑到中苏友谊，王淦昌采取了折中的办法：由他在大会上做补充报告，但要讲有两种可能性结果，且文章不提交给大会。

当时的国际学术会议有一个惯例，就是提交大会的突出的研究成果要由一个总结报告人来报告。那次大会的总结报告人是一位美国科学家，他是中国物理学家张文裕（1910—1992）院士的老朋友。当他做完报告，王淦昌做了补充发言之后，他的脸涨得通红，向出席会议的张文裕嚷嚷——如故事开头所说。后来，王淦昌、张文裕反复向他做解释，一再说明只是一种迹象，是否真正发现了新粒子还存在着两种可能，才平息了这位"老外"的怒气。

其实，王淦昌虽然同意在基辅会议上做补充报告，但他还是放心不下。他又仔细扫描了照片，发现在"第一粒子"的旁边有几粒气泡，可能是云雾，也可能是重核反冲。于是，他建议在中国学者中对此进行内部讨论。中国物理学家周光召(1929—2024)院士曾发表意见,认为可能是K^+电荷交换。

王淦昌

基辅会议召开的时候，王淦昌还安排研究小组的中国物理学家王祝翔在联合原子核研究所仔细地对旁边的气泡数目进行了分析，并做了各种计算，最后确认这一现象并不是什么新粒子造成的，而是K^+电荷交换。

事后，王淦昌深有感触地说："科学研究是硬碰硬的事情。如果当时我报告发现了'第一粒子'，那就会落下个撒谎、吹牛的名声。太可怕了！"

王淦昌睿智的"折中方案"，不但真诚地维护了中苏友谊，而且反映了他从事科学研究的实事求是精神，避免了草率公布研究成果可能带来的重大失误。

王淦昌严谨的科研作风由来已久，"帕米尔高原可以作证"。

20 世纪 50 年代初，苏联科学家在帕米尔高原上建立了一个宇宙线实验站。当时，有两位苏联科学院院士设计了一套电子学系统，其中摆放有 3 种计数管和磁铁。利用这套实验系统，每当有粒子进入时，就会产生相应的电子学信号。不久，他们宣称已发现了 10 多个新粒子，并命名为"变子"。这两位院士也因此在苏联走红，获得了斯大林奖金，成了"社会主义劳动英雄"。

王淦昌在研究了这一"新发现"之后，当即明确表示"苏联人的发现靠不住"。他认为，电信号的重复性不好确定，仅凭一个电子学信号就断言有"新发现"太草率。在王淦昌的意识中，做实验，尤其是宇宙线实验，一定要用径迹探测手段，这样才能以确实的证据示人，而且在许多年以后还可以复核。

当时，全国上下一派学习苏联的热潮，这当然也包括学习苏联的自然科学。如果对苏联的工作结果持有不同看法，则是大逆不道的。

对此，中国物理学家何祚庥（1927— ）院士回忆说，当时他在中共中央宣传部工作，还曾与其他一些年轻人私下议论这件事，觉得王淦昌是从旧社会过来的知识分子，在欧美留过学，对苏联科学家的发现一再讲"靠不住"，恐怕还是崇拜英美、轻视苏联的思想反映。

最终的实验结果表明，王淦昌的观点是正确的，因为后来在一系列更精密的实验条件下，其他科学家并没有找到所谓的"变子"。

坚持用"事实说话"，这不但是科学精神和科学道德的彰显，而且也是科学智慧的折射。

"当时这件事在我的心灵上引起的震动是巨大的。我一是惊讶苏联人居然也有不成功的事情，二是从心眼里佩服王老敏锐的科学洞察力。在那时的政治背景下，王老对苏联科学家的直言批评，充分体现了他追求真理、崇尚实践的政治勇气和科学精神。"何祚庥回忆说，"这件事给我的启迪是，对学术问题的评价不能政治化，不能用政治观点去评价科学发现。这个原则，我们应该永远牢记。"

王淦昌在联合原子核研究所以他博大的胸怀、活跃的科学思想、严谨的科研作风和卓有远见的科学判断力，赢得了该所各国学者的尊敬，他所倡导的合作精神深深印入各国研究人员的心。

王淦昌在研制中国的原子弹和物理学的许多领域——例如对中子、中微子的研究，都有重大贡献。1982 年，王淦昌荣获国家自然科学一等奖。1999 年 9 月 18 日，他还荣获"两弹一星元勋"勋章——此前他已经长眠。

"越远者越近"
——玛尔科夫的逻辑

一次，在莫斯科物理讨论会上，一群物理学家正为他们的实验结果出乎意料而大伤脑筋：难道实验设备出了莫名其妙的毛病？难道实验设计犯了荒唐可笑的错误？须知，按照公认的理论，结果只能是这样，这样……

只有玛尔科夫院士不动声色地坐在旁边。大家问他为什么"事不关己"，不发表议论。

"我记得法国著名物理学家约里奥·居里说过：'实验结果离理论越远，那就离诺贝尔奖越近'。"玛尔科夫回答。

这里提到的约里奥·居里（1897—1956）是著名的居里夫人的大女儿。她和丈夫弗雷德里克·约里奥（1900—1958）是1935年诺贝尔化学奖的共同得主。

为什么"实验结果离理论越远，那就离诺贝尔奖越近"呢？

除了错误的实验结果，如果"实验结果离理论越远"，就说明原有的理论错误或者不完善，那新的理论就将破土而出。正所谓"沉舟侧畔千帆过，病树前头万木春"。

此时，诺贝尔奖就要光临这些为新理论开拓创新、"披荆斩棘"的先行者了。

"越远者越近"，是一个被无数事实验证了的真理，也是一个浅显而深刻的哲理。玛尔科夫比那群"大伤脑筋"的物理学家更有智慧——他懂得他们不懂的这个哲理。

懂得"越远者越近"这个哲理的，还有一个懂得"越长者越短"的"画家版"。

阿道夫·冯·门采尔（1815—1905）是德国著名的油画家、版画家。他出生在德国布雷斯劳的一个石版印刷工家庭，13岁自学绘画，后来迁居柏林，曾担任普鲁士的宫廷画家。

门采尔的画很受欢迎，被竞相争购。尤其到晚年，画作还没等完成，就有很多人去订购。

"我真不明白，买你的画起码要等好几个月，可我一天画一幅，到家就能挑，但就是没人来，往往一幅画等上整整一年才能卖出去。"有一天，一位对金钱馋涎欲滴的画家对门采尔做了"专访"，诉苦问，"这是为什么？"

门采尔（自画像）

"亲爱的朋友，请您颠倒过来试一试，"门采尔放下了画笔，扭过头来机智而坦率地回答，"要是您能花一年工夫去画一幅，我相信这幅画一天内准能卖出去。"

…………

门采尔对绘画的痴迷、勤奋，从下面的故事可见一斑。

有一次，门采尔出席一个晚会。他一会儿跑到台上，一会儿跳到台下，如此来回，忙个不停，人们以为他是个"精神病"。后来才知道，他是在为演员和观众画速写。

由于门采尔在任何场合都画个不停，有人就说他得了一种"绘画狂热症"。谁知他听了以后高兴地说："我希望我的这个病是个不治之症。"

在中国清代，也有一位得了"不治之症"的"画家"；而且，他比门采尔"画"得更久——倾其一生还没有"画"完一块"石头"。他就是无与伦比的世界级大文豪——《红楼梦》即《石头记》的作者曹雪芹（约1715—约1763）。

许多成大业的杰出人物都懂得"越长者越短"的哲理，于是就有了"持之以恒"的箴言。爱因斯坦在创立狭义相对论之后，就用了7年时间来补习黎曼几何和张量分析等数学课程。因为没有这艘"数学船"，他无法度过"科学海洋"到达广义相对论的彼岸。

于是，马克思就用了40年来写《资本论》。

于是，歌德就用了59年来写《浮士德》。

于是……

"计算机盲" 得诺贝尔奖
——崔琦的"舍"和"得"

"孩子们，我看还是丢掉一些宝贝吧，后面的路还长呢！"

一天，古希腊哲学家苏格拉底带着他的学生们打开了一座神秘的宝库，里面装满奇珍异宝。每件宝贝上都分别刻着清晰可辨的文字：骄傲，妒忌，痛苦，烦恼，谦虚，正直，快乐……

这些宝贝是这么漂亮，这么迷人，学生们见一件爱一件，抓起来就往口袋里装。

可是，在回家的路上，他们才发现，装满宝贝的口袋是那么沉重。没走多远，他们便气喘吁吁，两腿发软，脚步再也无法挪动。

此时，苏格拉底说了前面那句话。

学生们恋恋不舍地在口袋里翻来翻去，不得不咬咬牙丢掉一两件宝贝。宝贝还是太多，口袋还是太沉，年轻人不得不一次又一次停下来，一次又一次咬着牙丢掉一两件宝贝。"痛苦"丢掉了，"骄傲"丢掉了，"烦恼"丢掉了……口袋的重量虽然减轻了不少，但年轻人还是感到它很沉很沉，双腿依然像灌了铅似的。

"孩子们，"苏格拉底又一次劝道，"你们再把口袋翻一翻，看还可以甩掉一些什么。"

学生们终于把沉重的"名"和"利"也翻出来甩掉了，口袋里只剩下了"谦虚""正直""快乐"……一下子，他们感到说不出的轻松和快乐，脚上仿佛长了翅膀。苏格拉底舒了一口气："啊，你们终于学会了放弃！"

当然，这是一个虚构的故事。

可是，这个故事中的"学会放弃"却是深刻的哲理和人生的睿智。

1998 年 12 月 10 日，又一位华人走上斯德哥尔摩蓝色音乐大厅的领奖台：从 1982 年起就在普林斯顿大学任教的美籍华人崔琦（1939—　）。他和德意志联邦共和国物理学家霍斯特·鲁德维格·斯托尔默（1949—　），在 1982 年发现了分数量子霍尔效应——电子在某些情况下能够形成新的粒子，

斯托尔默

因此共同荣获贝尔物理学奖。和他俩一起得奖的"第三者"，是一位在 1983 年对他们的理论做出科学解释的美国科学家——罗伯特·贝茨·劳克林（1950—　）。

与其他荣登科学界最高"宝座"的科技明星一样，崔琦的屁股后也免不了有一大帮记者"尾追不舍"。

一位记者在采访崔琦的时候，惊奇地得知这位著名的科学家居然是一个"计算机盲"。记者不解地问他："为什么不学习使用计算机呢？它会给你的工作带来许多便利啊！"

劳克林

"我也想学计算机，可我的心思全部都花在科研上了。"崔琦"实话实说"。

"那你要查阅资料或发送电子邮件怎么办呢？"记者穷追不舍。

"很简单，只要请助手帮一下忙就可以了。"崔琦一脸轻松，应答如流。

"那你有没有落伍于时代的感觉呢？"记者继续"深层挖掘"。

"这世界变化太快了，时尚的东西太多了，一个人无法追赶上的东西实在太多了，没有办法，我必须得学会舍弃。"崔琦平静地回答说。

崔琦正是睿智地舍弃了许多人视为时尚或重要的东西，才能集中

宝贵的时间和精力，全身心地徜徉在自己所钟情的科学天地之中，最终获得了令人炫目的成果，得到科学界的最高荣誉。

崔琦

人的精力是有限的，任何人都不可能在各个领域里都获得成功，也许，就在你开始学会舍弃的时候，成功已经在向你招手。"舍得，舍得，有舍才有得，舍就是得。"这句佛教用语绝妙而简洁地诠释了这个观点。

"计算机盲"崔琦的成功，也昭示了一个哲理——通向成功之路不止一条。当一些人对计算机的作用不适当地夸大的时候，认识这个哲理，对我们大有裨益。

人生有许多选择，我们必须尊重使用计算机和不使用计算机的人各自的选择，因为他们的选择不存在绝对的优劣之分；同时，也是他们各自的权利。

在诸如"21世纪的'三张通行证'"（电脑、驾照和英语）这类"必需的"面前，读者朋友既要"见先进就学"，也要根据自己的实际情况"精挑细选"，英明抉择，切莫盲目"跟风"赶"时尚"……

"看到愚蠢"和"不能开除"
——罗蒙诺索夫如此答复

"先生，从这个破洞里可以看到您的学问吗？"

18世纪中叶的一天，俄国著名化学家米哈伊尔·瓦西里耶维奇·罗蒙诺索夫（1711—1765）在路上散步，遇到了一个衣冠楚楚但却不学无术的纨绔子弟。这个人看见穿着朴素的罗蒙诺索夫衣服上有个破洞，就指着那个破洞，这样挖苦地问。

"不，一点也不！从这里可以看到另一个人的愚蠢。"罗蒙诺索夫立即反唇相讥，讽刺地回答说。

出生在霍尔果莫尔海滨渔民之家的罗蒙诺索夫，是一位杰出的自然科学家，被称为"俄罗斯科学之父"。1748年（一说1744年），他最早提出物质和运动守恒的概念。他对原子和分子的概念也很有研究。他在1748年秋创建的实验室，是俄国第一个化学实验室。他还是一位哲学家、诗人。

罗蒙诺索夫

也是在18世纪中叶的一天，罗蒙诺索夫在宫廷中与贵族舒瓦洛夫伯爵发生了一场争论。最后罗蒙诺索夫占了上风。

此时，舒瓦洛夫虽然理屈词穷，却不甘心失败，于是他企图利用权势把罗蒙诺索夫压下去："我要把你开除出科学院！"

听到这一蛮横无理的叫嚣，罗蒙诺索夫没有发怒，而是巧妙且坦然地回答道："请原谅，无论怎样，你也决不能把科学从我身上开除出去！"一时，这位伯爵无言以对。罗蒙诺索夫的智答妙应成了流传至今的趣事佳话。

一个人是否占有真理，不是看他的地位高低或权势大小、金钱多少，而是看他有没有正确地反映客观实际。伯爵的可笑和罗蒙诺索夫不畏权势、坚持真理的高贵品质，真是一个鲜明的丑美对比。"智慧和学问之碑"，确实远比"权力或武力之碑"更加长垂不朽！

俄罗斯著名诗人普希金（1799—1837）评价说："罗蒙诺索夫是一个伟大的人。他创建了俄国第一所大学，说得更确切些，他本人就是我们的一所大学。"

尊师爱生与求真
——从玻尔到侯伯宇

"F"。

看着老师在作业本上给的这个醒目的最差的分数，美国犹他州的一个中学生蒙迪·罗伯特怎么也想不通——这可是他冥思苦想、手脑并用的心血啊！

原来，教师比尔·克利亚给学生布置了作业，要学生写一篇关于未来理想的作文。罗伯特回家后，兴高采烈地写开了，用了半夜的时间，写了7大张纸，详尽地描述了自己的梦想——将来拥有一个牧马场。他描述得很详尽，画下了一幅占地200英亩（1英亩约合4 046.86平方米）的牧马场示意图，有马厩、跑道和种植园，还有房屋建筑和室内平面设计图，真是"图文并茂"。

第二天，罗伯特兴冲冲地把作业交给了老师，然而老师却在第一页的右上角写了个大大的"F"，还让罗伯特去找他。

"我为什么只得了'F'？"下课后，罗伯特问老师。

"罗伯特，我承认你这份作业做得很认真，但是你的理想离现实太远，太不切实际了。要知道，你父亲只是一个驯马师，连固定的家都没有，经常搬迁，没有什么资本。要拥有一个牧马场，得要很多的钱，你能有那么多的钱吗？"克利亚打量了一下眼前的毛头小伙，继续认真地说，"如果你愿意重新做作业，确定一个现实的目标，我可以重新给你打分。"

罗伯特拿回了自己的作业，回到家后，去问父亲。

"孩子，你自己拿主意吧，不过，你得慎重一些，这个决定对你来说很重要！"父亲摸摸儿子的头，若有所思地说。

一个星期后，罗伯特把这份作业原封不动地交给了老师，说："你可以不改动这个'F'，但我也不打算放弃我的梦想！"

罗伯特一直保存着那份有很大、很扎眼的"F"的作业，正是这份作业鼓励着他，一步一个脚印地继续着创业的征程。

多年后，坚信"我的未来不是梦"的罗伯特，终于如愿以偿。

当克利亚老师带着他的30名学生，踏进这个占地200多英亩的牧马场的时候，流下了忏悔的泪水："罗伯特，现在我才意识到，当时我就像一个偷梦的小偷，偷走了很多孩子的梦；但是，你的坚韧、勇敢和求真，使你一直没有放弃自己的梦！"

许多大智大慧的人对权威、名人、老师、书本、"经典"等都不盲从。

丹麦物理学家玻尔对老师也不盲从，对教科书上出现的错误也不妥协。一旦发现错误，玻尔就要加上圈注，向老师提出改正意见，哪怕老师不相信他的，他也坚持按他认为正确的回答。

一次，一个同学问他："要是物理考试恰好出在这些有错的地方，是照你的还是照书上的回答？"

玻尔毫不犹豫地回答说："当然照对的回答，应该让老师知道真正的物理是什么。"

玻尔的这一品质使他在班级里成为同学们聚集的"中心"。他的同学奥利·奇维兹后来回顾说："我清楚地记得，那个时候，我们都因为他的所作所为而印象非常深刻。他的品格和风度给整个班级定下了调子。"玻尔的老师也对他大为赞赏。

知道"真正的物理是什么"的，还有一位"黄皮肤"——中国物理学家、西北大学知名校友侯伯宇（1930—2010）。虽然他提出的"侯氏理论"在国际上也享有盛名，被誉为"中国骄傲"，但他为人却很低调，从不接受媒体采访。一年中只有"大年三十"的下午才"有空"

与家人一起包饺子"过年"的他，把学术论文发表在"低档"的期刊上，诠释着不向传统的学术评判标准（以发表在国外"高档"期刊上的论文多少来评判）低头，而是要"真正的物理"的学术精神！

侯伯宇，一年364天半都在学习、研究、上课

事实上，但凡有大成就的科学家、哲学家与艺术家等——不仅是物理学家，都有"尊师、爱书、创绩、撰文与求真"的可贵素质。也就是在遇到师、书和文，与求真出现矛盾的时候，都能把真理放在第一位。这就是今天的流行词语"科学精神"的核心和本质——实事求是！

渊博知识显神威
——德维尔、李比希智破珠宝案

在 18 世纪中叶的巴黎闹市中心，有一家珠宝行。

商行的老板是一位年过花甲的老人，名叫考尔比。考尔比经营这家商行已 30 多年了，商行的规模和声誉在巴黎市同行业中数一数二。

有一年，商行从东方的印度买到了一颗世界上罕见的钻石。消息像插上了翅膀，迅速地传了出去，一下子轰动全城，市民们都想一睹为快。

一天，三位顾客——莫尔、埃罗、桑特同来珠宝行参观。老板考尔比热情地欢迎他们的光临。寒暄一番以后，考尔比就把三人迎入珍藏室。老板边介绍，边打开珍宝箱。那颗乌黑闪亮的钻石，使来客赞不绝口。老板盖好珍宝箱后，又用一张沾满糨糊的白纸封条封好，然后把客人领到客厅叙谈。

当客人们坐定以后，考尔比先后给三位客人各送上一杯咖啡。在客人们端咖啡杯的时候，考尔比发现三个人右手的手指上都有点小伤并涂过不同的药水：莫尔的食指发炎，埃罗的拇指曾被毒虫咬过，桑特的中指被刀划破。

宾主边品尝咖啡，边无拘束地闲谈着。当他们谈兴正浓的时候，考尔比的老朋友、法国化学家亨利·爱丁·圣·克莱尔·德维尔（1818—1881）前来拜访。经考尔比介绍，德维尔与三位客人一一握手问好。

德维尔是一位健谈的人，所以宾主五人叙谈的气氛更加热烈，谈论的内容也十分有趣。席间三位客人都有事先后外出，但是，也都在很短时间内又回到客厅，并且依旧谈笑风生。

德维尔（左）与化学家交谈

当客人们再次谈起那颗罕见的钻石时，德维尔也想一饱眼福，就请考尔比带他到珍藏室参观。

当考尔比撕下湿漉漉的白色纸封条、打开箱盖的时候，突然悲痛欲绝地惊叫："我的上帝呀！"就昏过去了。

原来，考尔比发现钻石不翼而飞了。

沉着机智的德维尔没有慌乱。他唤醒主人，询问了整个过程，又察看了一下现场和封条后，就安慰老板说："不用着急！我会帮你把事情查得一清二楚的。"

德维尔搀扶着考尔比回到客厅后，向三位客人宣布钻石失踪了。三位客人个个神情自若，像是没有发生过什么事似的。

"是你偷的钻石！"化学家用锐利的目光从三人的手指上迅速扫过之后，突然对埃罗说。

"凭什么说是我偷的？"埃罗毫不示弱。

"你那呈现蓝黑色的拇指就是证据。"德维尔十分有把握地回答。

原来，德维尔刚到客厅，与三位客人握手的时候，就发现他们的手指各涂有不同颜色的药水：莫尔的食指涂了紫药水，埃罗的拇指抹了碘酒呈黄色，桑特的中指有红药水。

如果钻石是莫尔或桑特偷的，那么他们在启封条和贴封条的时候，在湿白纸条上会留下紫色或红色的痕迹。现在不是这样，所以钻石不是他们偷的。

埃罗的拇指抹过碘酒，他在启封条和贴封条的时候，抹过碘酒的拇指与封条上的湿糨糊一接触，就会呈蓝黑色——碘酒中的碘与糨糊中的淀粉起化学反应后的必然结果。德维尔看到白纸封条上留有蓝黑色痕迹，又见到埃罗拇指上也有蓝黑色，就以此为据做出这一正确判断。

当德维尔当众做出这个分析之后，埃罗无言以对，只好低头认罪。

这个故事有另一个大同小异的版本：在 18 世纪的欧洲小镇古德堡，罕见的金利伯钻石是珠宝商考尔太太收藏的，三位顾客是查尔斯、艾伦（盗窃者）和贝洛，德维尔换成了海威。

大约过了 1 个世纪，另一桩珠宝失窃案也在德国告破。

1847 年的一天，在当时属于德国的黑森公国的法庭，德国化学家李比希（1803—1873）参加了轰动一时的赫尔利茨伯爵夫人（Countess Hurley）戒指失窃案的审判。

李比希

在法庭上，夫人的侍仆说，一枚价值连城的戒指——上面镶着绞在一起的两条金蛇，是他早在 1805 年侍候夫人之前就得到的，不是偷的夫人的。

正当大家无话可说的时候，李比希仔细看了看这枚戒指，接着转身对法官说："偷盗这枚戒指的人就是夫人的这个侍仆。"

"啊！"全庭人员无不为李比希的"快速判断"惊讶不已。

惊讶之后是法官冷静的提问："您凭什么判断是夫人的侍仆偷的？"

李比希机智地对法官说："戒指上镶着的两条金尾蛇中的一条是赤金做的，另一条是用铂做的。铂从 1819 年才开始用在首饰业之中，而他说早在 1805 年侍候夫人之前就得到了戒指。由此可见他在用说谎掩盖……"

就这样，李比希迫使侍仆供出了盗窃夫人的戒指的罪行。

"伟大的化学家"和学位证书
——布特列洛夫和爱因斯坦

"伟大的化学家"——这是一位中学生脖子上挂的一块小黑板上的讽刺语。

这位中学生是谁，为什么会被挂上使他受到屈辱的牌子？

从小就失去母亲的布特列洛夫（1828—1886），在父亲的抚养下长大，处处想模仿学问渊博的父亲，非常喜欢做化学实验——他要揭开火药爆炸的奥秘。在中学读书的时候，不仅上化学课时在实验室里做实验，走路还想实验，言必谈实验。总之，对实验如痴如醉。

布特列洛夫

由于没有合适的地方做实验，布特列洛夫就和"情投意合"的同学托尼亚自己动手——弄来硫黄、硝石和木炭，经常在宿舍做实验。

布特列洛夫的化学老师罗兰特对他们的"乱弹琴"是绝不允许的。于是，他们藏在床下的"化学原料"一次次地被罗兰特扔进垃圾桶。

当然，不屈不挠的两个小伙伴也不会"金盆洗手"——"秘密实验"就这样一次次地重复着。

"久走夜路必撞鬼"。一天，布特列洛夫和托尼亚在做"蓝色焰火"实验。突然，随着一声巨响，高高的火苗烧光了他们的眉毛、头发……

闻讯赶来的罗兰特厉声斥责："你们这两个凶手！是想把学校炸掉吗？"他们被关进了禁闭室——接连三天。在吃饭的时候，也都被罚站在食堂的角落里示众，男学监还在布特列洛夫的脖子上挂了前面所说的那块小黑板。

可是，嘲笑和惩罚都没有动摇布特列洛夫对化学的热爱，反而刺激他更坚定地用实验方法研究化学。

风雨之后有彩虹。

1849 年，布特列洛夫在喀山大学毕业后留校任教。1854 年，他以《论香精油》的论文获得莫斯科大学的博士学位，同年成为喀山大学教授，1860—1863 年任喀山大学校长，1874 年被选为彼得堡科学院院士。

布特列洛夫由于在"同分异构现象""分子结构"等方面的富有创见的研究，成为化学结构理论的创始人之一，被人们称誉为"伟大的化学家"。

这时，布特列洛夫睿智而幽默地说："这个称号在 20 年前是对我的惩罚，现在却真正实现了。"

布特列洛夫如此"记仇"——20 年后还在反唇相讥的故事，在爱因斯坦那里改版成了"学位证书挂墙上"的故事。

1936 年下半年，瑞士伯尔尼科学协会把刚刚授予爱因斯坦不久的学位证书寄给了他。

第二年 1 月 4 日，爱因斯坦从美国普林斯顿写了回信，信中写道：

"承蒙伯尔尼科学协会如此垂念，使我不胜欣喜。它仿佛是从我早已消逝的青年时代传出的一个信息。我又一次回想起那些舒适惬意和激动人心的夜晚。我给这份证书镶上了镜框。

我收到过许多学位证书，但只有这一份被悬挂在我的书房里，它使我想起我在伯尔尼度过的岁月和我在那里的朋友们。请代我向协会会员们表示我真诚的谢意，并转告他们，我对他们的善意不胜感激。"

爱因斯坦在收到这份学位证书时曾说："我要把这份证书镶入镜框挂在墙上，因为过去他们曾经嘲笑过我和我的思想。"

布特列洛夫和爱因斯坦的睿智在于，用"对手"的言行来作为"武器"，进行还击。

"不妨碍思考"和"香茶秘方"
——门捷列夫智答提问

德米特里·伊万诺维奇·门捷列夫的大名，我们在中学时代已经知晓——他以发现"元素周期律"和制定体现这个规律的"元素周期表"闻名于世。

有一天，一位熟人到俄国化学家门捷列夫家串门，他喋喋不休地讲个不停。

"我使您感到厌烦了吗?"客人最后问。

"不，没有……你说到哪儿去了，"门捷列夫回答说，"请讲吧，继续讲吧，你并不妨碍我思考，我在想自己的事情……"

门捷列夫

看来，门捷列夫"真能""一心二用"!

门捷列夫家热情好客，宾客盈门。同时代人回忆说，他家的香茶在彼得堡尤其有名。

有一次，一位客人下决心问道："德米特里·伊万诺维奇，作为伟大的化学家，您大概有制备这种香茶的特殊秘方吧。"

"有。"门捷列夫不假思索地回答。

"是什么?"

"多放茶叶。"门捷列夫再次不假思索地供出了"家传秘方"。

这个像笑话一样的故事，反映了门捷列夫的智慧和热情好客。它不同的版本在俄国流传了一个世纪。

"红三角"与"洋纯碱"
——"黑头发"挑战"黄头发"

"五霸七雄"被秦国取代，而秦始皇统一六国的重要法宝是"连横""远交近攻"。这种策略有一个"近代中国化工版"——"黑头发"打败"黄头发"的故事。

1862 年，比利时化学家索尔维（1838—1922）取得了"索尔维制碱法"即"氨碱法"的专利。这种生产纯碱的方法具有产量高、质量好、成本低等优点。到了 20 世纪 20 年代，氨碱法已全面取代了此前的其他生产纯碱的方法。

由于氨碱法的这些优点，所以技术被制造商严格控制。利用氨碱法专利，从 19 世纪末开始，英国卜内门化学工业公司（Imperial Chemical Industries Limited，简称 ICI）即帝国化学公司生产的纯碱，就达到 20 万吨/年；价格也由 13 英镑/吨，下降到 3～4 英镑/吨。ICI 的"黄头发"们，几乎垄断了纯碱市场。

为了振兴中国的化学工业，不受制于人，民族企业家兼化学家范旭东（1883—1945）和侯德榜（1890—1974），于 1924 年 8 月 13 日开工在天津塘沽建厂，并在 1926 年 6 月 29 日制成了纯度超过 99% 的纯碱，比英、美等国的还要纯净洁白。这种"红三角"牌永利纯碱，于 1926 年 8 月在美国费城举行的万国博览会上获得了金质奖章。

范旭东

此时，ICI 为了垄断中国的纯碱市场，就千方百计地阻止中国人的崛起——想用"价格战"打垮永利。

侯德榜通过成本核算，每袋"红三角"，售价在1.20元以上才能保本。可是就在"红三角"大量投放市场的时候，ICI突然宣布将每袋"洋纯碱"由0.95元下调为0.80元。这样，本来就售价较高的"红三角"，已无法与ICI竞争。

侯德榜

永利无奈，只好把"红三角"降到每袋0.70元销售。ICI财大气粗，一次又一次地"高台跳水"——跌至每袋0.38元，逼得永利连"招架之功"都没有了。

摆在永利面前的只有两条路。一是继续"跟进"跌价，但这就要承受更大的损失，直到倒闭。二是向ICI屈服，在它的卵翼下苟延残喘。

为了反击"黄头发"们的挑战，"黑头发"们采取了下面的措施。

一是确保产量和质量，用扩大生产规模去降低生产成本，以高质量夺取市场。

二是大做广告，激发同胞的爱国热情，主动购买永利纯碱。

三是使出"连横合纵"的妙招。侯德榜得知，日本是ICI在亚洲的主要销售市场，当时日本的"三菱"和"三井"两个垄断组织正在进行争霸对抗，它们都经营ICI的"洋纯碱"。侯德榜向范旭东献计，要利用"三菱"和"三井"之间的竞争，把"三井"争取过来，改为销售"红三角"。

正好，范旭东在日本有许多朋友，于是亲自出马与"三井"秘密谈判。"三井"为了和"三菱"一比高下，自然求之不得，情愿不计较佣金多少，积极代销"红三角"。由于"三井"的分支机构遍及日本，到处都出现了"红三角"，使ICI的"洋纯碱"销量很快锐减过半，损失极为惨重。

经过几个回合交手，ICI知道无力打垮永利，只好主动上门要求协商谈判。协议的达成，使永利取得了主动权。

"黑头发"打败"黄头发"的故事说明，只要策略得当，就能以弱胜强。智者要经常保持清醒的头脑，"千万不要轻易屈服于任何一个对手——哪怕它强大无比。千万不要轻视任何一个对手——哪怕它微不足道。"

竞争还没有结束。正当永利蒸蒸日上，年产"红三角"达到6万吨的时候，日寇入侵中国，对这个亚洲最大的碱厂垂涎三尺。小日本派人上门游说，要和范旭东、侯德榜"共存共荣"，合作办厂。范旭东和侯德榜严词拒绝："宁可让工厂死掉开追悼会，也不和日本人合作！"日寇恼羞成怒，派飞机轰炸南京的永利硫酸铵厂，企图逼迫永利就范，这就把"共存共荣"的伪善面具撕得粉碎，彻底露出了侵略者的青面獠牙！

在这"中华民族到了最危险的时候"，范旭东和侯德榜立即果断弃厂，率天津、南京两地的永利职工，带着拆卸下来的重要设备，挥师西进四川五通桥，建立永利川西化工厂。

由于五通桥深井中抽取的卤水浓度低，无法适应原来在塘沽厂使用的纯碱生产技术，侯德榜等人只好在1938年秋到德国柏林，商洽购买先进的"察安法"制碱技术。德国"黄头发"不但开出天价的技术转让费，还无理要求中国产品不准在东北三省销售。面对这一极其无理的条件，侯德榜义正词严地给予了坚决的驳斥，并铿锵有力地对随行人员说："黄头发的外国人能办到的事，我们黑头发的中国人也一定能办到！"

是的，黑头发的中国人也一定能办到！

1941年3月15日，永利公司总经理范旭东庄严宣布，把此前侯德榜创立的"联碱法"，命名为"侯氏制碱法"。接着，这种氯化钠利用率高达96%的纯碱生产方法，报经济部技术委员会批准为专利。

至此，"黑头发"全面、彻底地打败了"黄头发"，也打败了做着"大东亚共荣圈"美梦的日寇！

让中国"黑头发"扬眉吐气的，还不只是侯德榜创立的、沿用至今的"联碱法"。当侯德榜无私地向全世界公开"联碱法"秘密的时候，许多"黄头发"都向他脱帽致敬、热烈拥抱，纷纷表示"谢谢中国人"！

历经劫难的我堂堂大中华，之所以还能屹立于世界民族之林，靠的就是像范旭东和侯德榜这样的勇者——更是智者！

居维叶不怕怪物

——知识＋智慧＝力量

深夜，一个牛头马面的怪物突然闯进一个科学家的卧室，狂叫"我要吃你！"

这个科学家被叫声惊醒之后，看了一眼，然后就"稳如泰山"了。他自言自语地说："是个吃草的家伙！"接着，又安然入睡了。

为什么他能镇定自若地做出这样的判断？他是谁？

比较解剖学是生物学中解剖学的分支，它的创始人是法国的居维叶（1769—1832）。

居维叶出生在法国蒙比利埃。4 岁就开始读书，14 岁考入德国斯图加特大学学习，被誉为神童，毕业后回国。1788—1795 年间，他在诺曼底先后从事大学助教和家庭教师工作。

居维叶

1789 年法国大革命后，皇家植物园改为国家自然博物馆，增设了一系列教席，其中设动物学教授两名。拉马克（1744—1829）任其中无脊椎动物学教授，而高等动物学教授则由圣提雷尔（1772—1844）担任。由于圣提雷尔对其中的古生物学比较陌生，他们就在 1795 年推荐另一位青年生物学家来此工作，并专门为他增设了一个比较解剖学教授的席位。这位青年就是年仅 26 岁的居维叶，于是他从诺曼底迁入巴黎。

居维叶的主要贡献是创立生物进化的"灾变说"、比较解剖学和为现代古生物学开路。

居维叶创造了比较解剖学中动物器官的系统性原则、类比原则。根据系统性原则，一个动物的各个器官之间有着密切的相互关系，由一个部分可以推断出另一个部分。根据类比性原则，相似动物的各器官结构和功能类同，由未知动物的局部结构参照已知动物，就可推知未知动物的其他器官和功能。有人也将它们称为"器官相关定律"。

居维叶的类比原则神奇无比。假设我们发现了一副动物的尖牙利齿，就可推知它是食肉动物，它的消化道必与食草类动物不同，它必有利爪捕获猎物，必有发达的咬肌来嚼碎肉食，为提供这样的咬肌又必须有发达的颧骨弓，等等。他在这方面的能力使同行赞叹不已。

一天深夜，居维叶的一群学生搞了一个恶作剧——让一个学生穿着精心制作的牛头马面的道具，头上竖着两只大角，四肢长着蹄子，张着血盆大口，偷偷爬进居维叶的卧室。这时居维叶已进入梦乡，一点也没有察觉。突然，这个"怪物"狂叫："居维叶，居维叶，我要吃你！"然后还发出凶猛的嘶叫声和鼻喷气的响声，做出猛扑过去吃人的样子……

怪物要扑向居维叶……

居维叶惊醒了，先是一愣，考虑怎样才能安全脱险。但他随即借着灯光一看这个怪物的时候，突然笑起来，说："原来是个吃草的家伙，我不怕你！"说完，就又安稳地睡觉去了。

于是，就有了开头的故事。

这个学生在居维叶不为所动之后，自觉没趣，只好悻悻离去。

"老师，昨晚您房里是否钻进一个怪物？"这个学生对没吓住老师的事，觉得迷惑不解。第二天，他憋不住了，就主动去问居维叶。

"我是专门研究生物的，当然对各种各样的怪物都有兴趣，所以很欢迎怪物到我的房间来作客，不论是白天还是黑夜。"居维叶风趣地回答。

"您怎么会知道那个怪物只吃草不吃人呢？"这个学生又问。

"判断动物是吃草还是吃肉，只要看一下它的四肢、口腔、牙齿和颌骨就明白了。如果它吃肉，那它的口腔上下的骨头和肌肉一定很发达，牙齿一定很锋利，以便嚼碎生肉。眼睛、鼻子、耳朵一定善于发现远处的猎物。四肢一定适于追赶、捕获猎物。昨晚那个怪物，"居维叶解释说，"我看它的四肢和角，就知道不是吃肉的。它四肢长的是蹄子，坚硬的蹄子是不宜追赶、抓获猎物的，就像老黄牛和山羊那样；它头上长着角，长角的动物也不吃肉，就像鹿子和牛那样。所以，就断定是个吃草的家伙。"

听罢这番解释，这个学生恍然大悟。

居维叶的研究结出了丰硕之果。1800 年即他任国家自然博物馆比较解剖学教授之后仅 5 年，又被聘为法国科学院比较解剖学教授。他一生撰写了数量惊人的专著和论文。他还是一位能言善辩的社会活动家和组织者，在拿破仑时代出任教育部长和科学院常务秘书，在波旁王朝复辟时仍然被重用为内务部长。不幸的是，在 19 世纪初他权势炙手可热的时候，变成了"生物学界的独裁者"，打击主张进化论的拉马克和圣提雷尔，在学术界强行推行他的"灾变说"。

通过居维叶识破怪物的故事，使我们再次认识到知识和智慧的力量。

它可以化险为夷：中国古代花木兰听到半夜林中鸟叫、鸟飞，就能判断出敌人将到。

它可以带来财富：古希腊科学家泰勒斯曾预测次年橄榄将会丰收，他就将手中资金全部投入租用当地所有低价榨房，待到收获之时，租价大幅上涨，他发了大财。

"知识就是力量。"300 多年以前，分别来自英格兰和亚平宁半岛上的两位哲人——弗朗西斯·培根（1561—1626）和斯宾诺沙（1632—1677），大致同时喊出了今天还在我们耳边回响的口号。

在科技高度发展的 21 世纪，有人又喊出了"智慧比知识更有力量"的口号。

其实，知识和智慧相互依存：知识渊博者，会更聪明智慧，可尽情挥洒才智；睿智过人者，汲取知识的本领更大，更容易成为"有识之士"。

居维叶就是这样的"智慧有识之士"。

知识和智慧毕竟是两回事，如果不能很好地把它们结合，也将一事无成。缺乏智慧的"书呆子"和缺乏知识的"机灵鬼"，现实生活中不乏其人。

请青蛙当证人
——谢切诺夫智答法官

"被告，你可以给自己找一个辩护人。"19 世纪 60 年代的一天，俄国的一个法庭开庭了。开庭审讯的时候，法官对被审讯的生理学家说。

"好，那就让青蛙做我的辩护人吧！"受审的生理学家平静地回答。

啊！青蛙做辩护人？没听说过这样的——"胡言乱语"。

这位生理学家是谁，又为什么要向青蛙"求助"呢？

伊凡·米哈伊洛维奇·谢切诺夫（1829—1905）通过对青蛙的解剖实验，在 1863 年发表了《关于蛙脑中对脊髓反射活动的抑制的生理学研究》（简称《蛙脑对脊髓神经的抑制》）等论文，同年又出版了名著《大脑反射》。在《大脑反射》中，他用实验证实了中脑和大脑里存在着抑制激发脊髓反射的机制——中枢抑制。他的发现，开创了脑功能的研究。就这样，他最早确认了一切

谢切诺夫

意识活动都是神经的反射活动，提出了大脑反射学说，对心理现象做了唯物主义的解释，为神经生物学做出了很大的贡献。

当时人们认为，大脑的一切意识都是受"神"支配的，生灵们怎么可能"自作主张"呢？于是，俄国政府就以谢切诺夫的"异端邪说"是"蔑视上帝""亵渎了神灵"为由，逮捕了他，还要审判后"绳之以法"。

这样，就有了前面的"法庭问答"。

1829 年 8 月 1 日，著名的俄国生理学家、高级神经运动学的奠基人谢切诺夫出生在俄国西姆比尔斯克省的库尔梅什县。1905 年 11 月 2 日，这位"俄国生理学之父"的神经永远停止了神经反射活动。

我们熟悉的俄国－苏联的杰出生理学家巴甫洛夫（1849—1936），把谢切诺夫誉为"俄罗斯生理学之父"。在谢切诺夫思想的影响下，沿着他开辟的生理学发展道路，巴甫洛夫进一步研究了大脑皮层的功能，创立了条件反射学说——高级神经活动学说。由此声名鹊起的巴甫洛夫，也因此独享 1904 年的诺贝尔生理学或医学奖，成为俄国第一个获得诺贝尔奖的科学家，也是世界上第一个获此殊荣的生理学家。

"叫虫"的名字这样来
——达尔文如此"一动灵机"

"我们在地里捉到了这只昆虫。达尔文先生，您能否告诉我们：它属于哪一种类型？"

英国著名生物学家达尔文（1809—1882）在一位隐居乡间的故友家做客。他朋友的两个孩子蓄意搞了一次恶作剧，想趁机逗弄一下这位声名显赫的科学家。他们捕捉了一只蝴蝶，一只蚱蜢，一只甲虫，一条蜈蚣；取下蜈蚣的躯体，撕下蝴蝶的翅翼，拔下蚱蜢的大腿，摘下甲虫的脑袋，然后小心翼翼地拼凑起来，粘合成一只奇形怪状、肢体异样的小昆虫。最后，他们把它放在匣子里，带到达尔文的面前，不动声色地这样问达尔文。

达尔文

达尔文看了一下，随后又向孩子们瞟了一眼，也同样不动声色地微笑问："孩子们，你们留意了没有：在捕捉的时候，它们会不会叫？"

"会叫的。"他们回答的时候，彼此用臂膀打着暗语。

"既然是这样，"达尔文说，"那是一个'叫'虫。"

由于"叫虫"的叫声是"嗡嗡……"的，所以有的翻译成"嗡嗡虫"。

别具一格的求爱信
——巴斯德"实话实说"

"我应该先把下面的事实告诉您，让您好决定允许或者拒绝。我的父亲是一个阿尔波亚的鞣皮工人，我的三个妹妹帮助他做作坊的工作和家务，以代替去年5月不幸去世的母亲。

"我的家庭小康，当然谈不上富裕。我估计，我们的家财不过5万法郎。至于我，我老早就决定将日后会归我所有的全部家业让给妹妹们，因此，我是没有财产的，我所拥有的只是身体健康、工作勤奋以及我在大学的职位。我并不是为了地位而研究科学的人。我计划把一生献给化学研究，并希望能有某种程度的成功。我以这些微薄的聘礼，请求您允许我和您的女儿缔婚。"

1849年1月，近代微生物学的奠基人、法国著名化学家巴斯德（1822—1895）到斯特拉斯堡大学就任化学教授。这位27岁的青年在工作和研究之余，也在思考着自己的婚姻大事。他看中了斯特拉斯堡大学校

巴斯德在实验室

长的女儿玛丽·巴斯德（1826—1910，婚前名 née Laurent——内·洛朗）小姐。他不知道玛丽是否爱他，但他爱玛丽却是赤诚的。

巴斯德鼓足勇气，给校长写了前面这封别具一格、"实话实说"的求婚信。

没有财产，身体健康，工作勇敢，把一生献给化学研究事业，这

些就是巴斯德在第一封求婚信中的自我介绍。他毫不讳言自己穷，也不隐瞒自己的父亲是一个极普通的工人。这是巴斯德的诚实和睿智。

校长接到这封信后，从内心里佩服这位年轻教授纯朴而高尚的品质。校长是通情达理的，对女儿的婚事不搞包办代替。他随即把信交给了女儿玛丽，让玛丽自己去考虑、决定。

遗憾的是，玛丽的态度对巴斯德不利。为此，巴斯德又给玛丽的母亲写了一封信："我怕的是，玛丽小姐太重视初步印象了，而初步印象对我是不利的。我确实没有什么地方可以吸引一位年轻姑娘。可是，我记得，熟悉我的那些人告诉我，他们都是喜爱我的。"

就像科学家们从不同的角度去寻找难题的答案一样，巴斯德紧接着又给玛丽本人写了一封简短而恳切的求婚信："我只祈求您一点，不要过于匆忙地下判断。您知道，您可能错了，时间会告诉您，在我这个矜持、腼腆的外表下，还有一颗充满热情的向着您的心。"

巴斯德的"连珠炮"，终于"打败"了玛丽。

为了科学，巴斯德有着顽强的献身精神；为了爱情，他是那样的忠实坦白。

在父母的支持下，玛丽终于欣然答应嫁给巴斯德。消息传来，巴斯德无比兴奋——他的努力终于成真！

"并蒂花开四季，比翼鸟伴百年"——1849 年 5 月 29 日，巴斯德和玛丽喜结连理。

只有真心爱别人的人，才可能获得别人的爱。年轻人，像巴斯德那样去爱你的"真爱"吧——"投入地爱一次，忘了自己"，但别忘了用像巴斯德那样的真诚和智慧！

大夫隐姓埋名
——华佗智求医术

蜀国大将关云长（161—220）在战斗中被毒箭射中了右臂，生命危在旦夕。一位医生前往"刮骨疗毒"的时候，关云长一面谈笑自若地与马良下棋饮酒……

这是中国小说《三国演义》第七十五回中的故事。这位医生，就是中国东汉时期大名鼎鼎的神医华佗（约145—208）。

华佗的"神医"称号，可不是轻而易举得来的。

有一天，一位男青年慕名前来向华佗求治头风病。华佗一番"望、闻、问、切"之后，就对病人说："你所患的是头风病。医治这病的药倒是有，只是要用生人的脑子做药引子。"

"生人的脑子？"病人一听，大吃一惊，连药也没有拿就回家去了。

过了一段日子，这位青年的病情越发加重，只好到一个偏僻的山村，恳求一位老医生给他医治。老医生问他："你这头风病已经不轻了，找医生看过了吗？"

青年人回答说："早些日子找了华佗看过，不过他说要用生人的脑子做药引子，我没有办法，只好不治了。"

老医生捧腹大笑："那根本用不着找生人脑子，你去找十顶旧草帽，煎汤喝了，保管有用。一定要找有人戴过的、年数多的旧草帽才顶事。"

病人回家后，按照老医生的话做了，果然是"药到病除"。

有一天，华佗出诊在外，他在途中又和这位青年巧遇了。华佗看见生龙活虎的青年正挑着一担百来斤重的稻谷往集市上赶路，不像有

病的样子了，就把他喊住，疑惑地问道："你的头风病好啦？"

青年人笑着回答："是呀，多亏一位老医生给治的。"

华佗接着又问："那他给你吃的药，是用什么东西做药引子的呢？"

"十顶旧草帽煎汤。"青年人的回答简明扼要。

华佗听了之后，暗自思忖：这位老医生的医术一定很高明，我何不去拜他为师，向他讨教呢？随后，华佗又向年轻人问明了那个老医生的住处。

华佗回家后细细一想，人家积累了一辈子的临床经验，才得到的秘方，哪肯轻易教授给他人呢？想来想去，终于想出一个办法：隐姓埋名去拜老医生为师。于是，华佗就装扮成普通人的模样，在老医生门下当学徒，一学就是整整 3 年。

有一天，老医生出诊去了，家里只有华佗和师弟两个人在炼药。

"老医生在家吗？老医生在家吗？"快到中午的时候，门外来了一位大肚子的病人，急促地叫喊着。

听到喊声，华佗就叫师弟去接待。华佗的师弟出来一看，只见来人肚大如箩，脚粗像斗。病人苦苦哀求道："求求先生行行好，帮

华佗

我治一下吧！我家离这儿很远，好不容易一步一拐地走来，来一趟可真不容易啊！"

老医生不在家，华佗的师弟不敢轻易接待，就请病人明天再来。他们正说着，华佗出来了，见病人的病情实在严重，不宜再延误了，就说："好兄弟别急，我来给你治。"

华佗热情地请病人进屋坐下来休息，并从药架上取下药递给病人，吩咐说："你把这二两砒霜带回去，分两次吃。记住，千万不可一次吃完啊！"

病人接过药，连声道谢之后，就回家去了。

病人走了以后，师弟就埋怨华佗了："那可是最毒的药啊！吃死人

怎么办?"

华佗耐心地解释说:"来人患的是膨胀病,必须以毒攻毒。"

再说那大肚子的病人,他边走边嘀咕:"这两个徒弟给我治病,还不知道灵不灵?"

当他走到村外的时候,正巧遇到老医生回来了。病人一看是老医生,就急忙上前向他求医。老医生一看,马上安慰说:"你这病不难治,买二两砒霜,分两次吃,一次吃有危险,不要大意。"病人一听,就从衣袋里拿出华佗配的药给老医生看:"这二两砒霜,是你徒弟拿给我的,他也叫我分两次吃。"

老医生看了看药,说:"不错,正是砒霜,你快回家吃药吧!"

病人走后,老医生心想:"我这个验方,除了琼林寺老道人——治化长老与华佗知道,再也没有第三人知道,我还没有传给徒弟呢!"这里提到的琼林寺,位于华佗的出生地——沛国谯城(今安徽省亳州市谯城区一带)以西远处。

回家后,老医生问两个徒弟:"刚才那大肚病人是谁治的?"

华佗回答:"师傅,那位病人是我看的,药也是我发的。"

"那你是怎么看的呢?"老医生问道。

"师傅,那病是膨胀病,肚里有毒,砒霜也有毒,正好以毒攻毒。"

"是谁传授给你的?"

"治化长老,我在那里当了几年学徒。"

老医生这才恍然大悟,原来他就是已经医名大响的华佗啊!老医生急忙上前一把拉着华佗的手说:"华佗啊!你怎么到这里来学医呀?"

这时,华佗只好把隐姓埋名学医的原因说了出来。听后,师傅更加感动地说:"你的名声那么大,还到这穷乡僻壤受苦,真对不住你啊,真对不住啊!"

华佗谦虚地说着:"人各有所长,我的医术还有许多方面不如你呀,应该来虚心向师傅您求教才对。"

老医生听了这番话,觉得华佗医术高明、医德高尚,感动不已,当即把治头风病的秘方传授给了华佗。

自己写信自己收
——欧立希工作祝寿两不误

亲爱的欧立希：

　　7月8日是父亲的生日，可别忘了给他送去一个大蛋糕，庆祝寿辰！

日夜工作着的欧立希

7月4日

　　这是一封很奇怪的信——写信和收信的，是同一个欧立希。

　　欧立希（1854—1915）是近代化学疗法的奠基人之一、1908 年诺贝尔生理学或医学奖的两位得主之一——德国医学家、药物学家、细菌学家。在 1907 年，欧立希就曾经给自己写过好几封信。这是其中一封。

欧立希

　　欧立希为什么要给自己写信呢？原来，他当时正在和他的日本留学生秦佐八郎（1873—1938，后来也成为著名的细菌学家）一起，进行一项非常重要的科学研究工作——制造一种新药"606"即肿凡纳明（也叫洒尔沸散），是一种砷化物。它是用来治疗当时在非洲流行的"昏睡病"的。这种病由锥虫进入人体引起，症状是长期昏睡而死，即使治愈也会双目失明。

　　他俩废寝忘食地工作，日夜在实验室里进行试验。倦了，用冷水冲一下脑袋，清醒清醒。实在支持不住了，就在实验室的长椅上躺一会儿，用厚厚的书本当作枕头。一次曾 5 天 5 夜没有合眼。

秦佐八郎

也正因为这样，欧立希常常把亲人们的生日都忘了。德国人对生日是很重视的，谁不来庆祝是一件很不礼貌的事情。为此，他的家人对他十分不满，闹得大家很不愉快，他也非常内疚。

原来，欧立希给自己写信，为的是在繁忙的研究工作中，不至于忘了给父亲庆祝生日。

欧立希写好信，信封上注明寄信的日期，交给他的一位亲戚，请亲戚到了寄信的日期把信投入邮筒。欧立希及时收到自己写的信，记起了父亲的生日，于是赶紧嘱咐助手去买生日大蛋糕，并亲自送到父亲那里去。

当宴会开始的时候，欧立希的家人惊喜地发现他出现在家门口：他这次终于没有失约！

可是，欧立希连椅垫都还没有坐热，酒都没有来得及喝一口，就匆匆忙忙赶回实验室了。

经过了 605 次失败，著名药物"606"在第 606 次试验时研制成功。"606"是一种在 1910—1944 年（青霉素上市的时间）期间治疗梅毒的最佳药物，对昏睡病（严重的昏睡病人至今还不能完全治愈）也有一定的疗效。

给自己写信来治疗"健忘症"，这是一种智慧，也是一种方法。

不过，这种方法也非"万无一失"。一位意大利画家怕忘事，就把事情记在笔记本上，但遗憾的是，画家却把他的宝贝笔记本弄丢了！

"特别关照"
——奥斯勒尔装病教育学生

牛津大学的客座教授威廉·奥斯勒尔（1849—1919）第一男爵，是著名的内科医学专家。

有一次，他应邀去伦敦医学院主持毕业考试。在候试大厅里，有一些病人，是因考试需要而特意请来的，大学生们必须通过他们来表明自己的确诊能力。

奥斯勒尔虽然是伦敦医学院请来的贵宾，但他没有去惊动校方和其他任何人，而是像普通人一样静候在大厅里。

奥斯勒尔望着眼前的几个病人，职业性地观察起他们的症状来。他突然发现，有个别待考的大学生与病人私下在做什么交易。显然，这是一种作弊的行为。

奥斯勒尔

奥斯勒尔站起身，开始熟练地仿效起脊髓病人走路的姿势，在大厅里走来走去。

果然，奥斯勒尔的计谋获得成功。

不一会儿，一名大学生走到他的跟前，悄悄地问道："您生的什么病？"

奥斯勒尔低声地回答："脊髓病。"

这名大学生悄悄往奥斯勒尔手里塞了1先令银币，说："过会儿，当我给您看病时，请多关照。"

奥斯勒尔将银币塞还给他，对他说："不必了，先生，过一会儿，您将会得到我的特别'关照'！"

考试时，这名大学生走进考场。当他看见刚才那个随和的老人不在应召病人中间，而是坐在主席圈椅上的时候，顿时窘得无地自容。

闻名全世界的美国约翰·霍普金斯医院（Johns Hopkins Hospital）的四个创始教授之一——病理学家、教育家、藏书家、作家和历史学家奥斯勒尔，出生在北美英国殖民地加拿大省（Province of Canada）的邦德·汉德村（Bond Head village）。

奥斯勒尔是美国麦吉尔大学（他的母校）、约翰·霍普金斯大学、宾夕法尼亚大学，以及牛津大学的教授或客座教授。被誉为"现代医学之父"的奥斯勒尔，既爱搞恶作剧，也著作等身。他出版的《生活之道》，是他的20篇演讲的汇集。该书把深厚的古典人文涵养带入医学领域，触角遍及医疗伦理、医疗与人道关怀以及"医患关系"，字里行间洋溢着他睿智的生活与行医哲学，饱含寰宇间的普世价值，是20世纪重要的思想文献之一。该书语言朴素，意境悠远，妙语连珠，哲理迭现。"即使事实摆在眼前，有些人却不知道去把握。问题其实并不在此，而在于即使我们'众里寻他千百度'，但心眼却是盲的，就算是事实跟你打了照面，你还是压根儿也看不见。"

雄蛤蟆不下仔
——特鲁索这样治病

一天，法国著名内科医生阿尔曼·特鲁索（1801—1867）出诊来到一个癔病患者的家中，女患者硬说自己曾经吞下了一只蛤蟆。

第二次去出诊时，特鲁索将一只蛤蟆随身带着。到了女患者家后，他先让女患者喝下催吐剂。当女患者呕吐的时候，他就悄悄地把那只蛤蟆放在盛呕吐物的盆里。

"夫人，您的病因就在这里！现在，您将开始完全康复！"特鲁索端着那个盛有蛤蟆的盆，对女患者说。

"要是蛤蟆已经在我的肚子里下了仔，那该怎么办？"看了看盆中的蛤蟆，女患者仍心有余悸。

"这不可能，夫人，因为这是一只雄蛤蟆。"特鲁索回答。

看准病情，对症下"药"，随机应变，特鲁索就这样治好了女患者的癔症。

请尝"尿液"
——舍莱恩这样教学生观察

"谁也来试一遍?"

在一次实习课上,一位老师给同学们做了示范动作——把一根手指浸入盛有尿液的小杯子里,然后伸到嘴里舔了舔。做完了这个动作,他就这样问学生们。

"我来!"一个勤奋的学生当然不会放过这个大好的实践机会。然后,他就照老师那样尝了尝尿液的味道。

这个老师就是德国著名的内科医生约翰·舍莱恩。

这个勤奋的学生并没有因此得到老师的称赞。

舍莱恩摇摇头对他说:"同学,您的确没有洁癖,这很好,但是,您没有敏锐的观察力——您并没有发现,刚才我把中指浸入小杯子里,而舔的却是无名指。"

舍莱恩不但有着高超的医术,他的启发式教学方法同样受人称颂。上面就是在使用这种方法时的一个广为流传的睿智故事。

在这次实习课上,舍莱恩给大学生们讲:"作为一个医生应该具备两种品质:第一,不苛求'清洁';第二,要有敏锐的观察力。一些老医生在诊断糖尿病的时候,往往亲口尝一尝病人尿液的味道。"

说完,舍莱恩给同学们做了前面提到的那个示范动作。

当今,老师们在教学生细致、准确观察的时候,舍莱恩的这个睿智故事,已经成为引用的经典。

詹纳是怎样当上医生的
——斯蒂芬的眼光

　　一辆马车沿着曲折的土路，从苏格兰格洛斯特郡的小镇伯克利向他乡疾驶而去。

　　5岁的爱德华·詹纳（1749—1823）和妈妈、哥哥斯蒂芬·詹纳（Stephen Jenne）坐在马车上——父亲去世了，当牧师的哥哥把他和母亲接去一块儿过。

　　詹纳很快爱上了新的生活环境——广阔迷人的原野鲜花盛开，一片片树林里茂密的山楂树开满了白花，绿茵茵的草地像绒织的地毯一样铺向远方，灌木丛中栗色的小松鼠窜来窜去，羽毛艳丽的鸟在树枝上唱着动听的歌儿……

　　这里还有哥哥、嫂子的爱：哥哥一有空，就教他读书、写字，讲故事给他听；嫂子教他音乐，当他学会用小提琴拉曲子时，嫂子就用拨弦古钢琴为他伴奏。

　　更多的时间，詹纳活跃在大自然的怀抱中。他经常和小伙伴们一块儿钻进树林里，观察鸟窝和松鼠窝——小动物的杰作十分精致，使他爱不释手。他小心翼翼地收集了许多鸟窝，藏在自己的卧室里。

　　9岁那年，哥哥把詹纳送到离家较远的一所学校念书，博士校长叫沃什伯恩。

　　詹纳接受能力很强，学习上不费劲，这样，他就把富裕的时间用来阅读课外书籍——特别是自然科学方面的书。他迷上了自然科学，开始有目的地收集鸟窝、昆虫和岩石的标本，像一个真正的科学家那样熟练并津津有味地进行分类、编目、贴上标签。

把这一切都看在眼里的沃什伯恩却很恼火。这个脑筋顽固的博士觉得未来的牧师不应该研究什么鸟呀、石头呀之类的。他们应该把圣经读得滚瓜烂熟，应该按照上帝的旨意发展他们的思维。詹纳偏偏与众不同，在校长的眼皮底下把植物学和生物学书籍读个没完没了。

更让博士不安的是，詹纳对他的教育产生了一种潜在的威胁——在课堂上常常问得他瞠目结舌。

沃什伯恩决定要很严肃地和詹纳谈一次。这天，博士把詹纳叫进办公室，开门见山地说："你现在的观点很危险，我得提醒你，科学和宗教经常是对立的。最好不要去碰科学。你那愚蠢的阅读会得罪上帝的。"

年轻时的詹纳

望着博士紧绷着的脸，詹纳感到惊讶和困惑。哥哥斯蒂芬是牧师，可从来没说过这样的话，他总是鼓励自己扩大阅读面，再说这些书还是哥哥寄给他的呢。

沃什伯恩的警告并没有生效，詹纳也没有"改邪归正"——没有什么力量可以阻挡他对自然科学的热爱。

沃什伯恩发觉小詹纳根本没有把他的警告放在眼里，心里很生气，他认为詹纳是有意违抗他。倘若不是碍着斯蒂芬的面子，他早就想把詹纳赶出校门。

一天，博士给孩子们讲《圣经》。读完一段，接着讲蝗虫。他信口胡诌，说蝗虫的降临是上帝的旨意，谁也不知道蝗虫是怎样繁殖的……

博士正洋洋得意地说着，忽然发现詹纳从座位上站了起来……

"你想干什么？"博士似乎意识到这个孩子又想出什么新花招了。

"博士"，詹纳非常认真地说，"这并不神秘，研究昆虫的博物学家懂得蝗虫是怎样繁殖的。"

"什么!"博士的面颊顿时变得通红,他厉声地斥责,"还不给我住口!"

"我……先生,"詹纳不知道校长为什么发怒,他嗫嚅地说,"真的,书上写的,荷兰科学家列文虎克制造了显微镜,博物学家用它来研究蝗虫;而且已经知道蝗虫产卵,从卵中孵化出许多小蝗虫……"

"够了,够了!"沃什伯恩气得嘴唇直哆嗦,伸手去抓那根惩罚孩子们的藤杖。

教室里的孩子们都吓呆了,他们都知道下面会是什么等着詹纳。

在恐慌和震惊中,詹纳像一只受惊的小鹿,趔趔趄趄地从教室里窜了出去——他要逃走!开始,耳边响着校长大声的叫喊声,到后来,只有呼呼的风声了。

詹纳毫不犹豫地朝家奔去,那里有和睦、友爱、平等……

天黑了,詹纳一身土、一身汗地出现在哥哥、嫂子的面前。

"出什么事情了?"斯蒂芬和他的妻子埃莉诺大吃一惊,异口同声地问道。

不管怎么说,从学校里逃出来总不能受到鼓励。斯蒂芬让弟弟休息了几天,决心再送他去学校,而且他想和校长交换交换看法。

校长很让斯蒂芬失望,他心胸狭窄,思想僵化,而斯蒂芬觉得他的教育方法对求知欲很强的詹纳无疑是极大的摧残,如果让詹纳继续留在学校,肯定还会发生不愉快的事。这个校长和他的学生之间的裂痕,远远不是偏见——它涉及不同的信仰。

斯蒂芬决定把弟弟带回家去。

从此,斯蒂芬按照自己的计划来培养弟弟,他教詹纳学历史、希腊语和拉丁语。嫂子继续教他音乐。詹纳比在沃什伯恩那里学到了更多的东西。

一年过去了,詹纳的阅读能力大大提高。斯蒂芬惊奇地发现,弟弟迷上自然科学的程度与他小小年纪是多么不相称——詹纳这时迷上了内科学和外科学。

斯蒂芬终于发现，詹纳根本不适合当一名牧师，而且弟弟已经有了独立思考的能力，未来干什么，应当由他自己选择。

迷上了医学的詹纳

"我要当医生。"有一天，当哥哥征求詹纳的意见时，他脱口而答——好像这个问题他已经考虑了很长时间，深思熟虑了似的。

"很好。"斯蒂芬笑了，他一点儿也不觉得意外。他亲切地拍着弟弟的肩膀："那就让我们去给你找个地方去学习，实现你的理想。"

若干年以后，詹纳发明了我们熟知的接种牛痘疫苗预防天花的方法，成为"免疫学之父"……

"天才"，就是斯蒂芬这样培养出来的。

甲虫与秘书
——史怀特和柯立芝的"和风细雨"

阿尔伯特·史怀特（1875—1965），是出生在德国（德国国籍：1875—1919），1919年移居法国（法国国籍：1919—1965）的哲学家、神学家、风琴演奏家、作家和医学家。

史怀特1913年到非洲加蓬共和国（当时是法国殖民地"法属赤道非洲"的一部分）行医时，从德国带去一位年轻的助手。

史怀特

有一天，这个助手在穿雨衣时，发现雨衣被甲虫咬出许多洞，而一只甲虫正好从雨衣的内侧掉在地上。看见自己的雨衣被毁坏，年轻人有点恼火，抬起脚就要踩死甲虫。

站在一旁的史怀特连忙制止，并风趣地说："客气一点！别忘了，您是在它的国土上做客哟！"

这个助手的脸色立即"多云转晴"，发了慈悲，甲虫也幸免于难。

史怀特还是一位人道主义者。前述1913年他到加蓬行医时，在兰巴雷内建立了丛林诊所，服务整个非洲，直至逝世，被称为"非洲之子"。他也因为"对自由与和平的热爱，以及为非洲人民服务时的自我牺牲精神"独享1952年诺贝尔和平奖。1957年，他的传奇经历曾被拍成电影；其生命伦理学方面的代表作《敬畏生命》（*Reverence for life*）一书，把伦理学的范围由人扩展到所有生命（例如上述让助手"脚下留情"），他也因此成为生命伦理学的奠基人。

史怀特与比他小 4 岁的"同胞小老弟"——大名鼎鼎的阿尔伯特·爱因斯坦很有"缘分"。

一次在火车上，有个羞怯的女士对史怀特说："爱因斯坦先生，可否请您签个名？"史怀特拿出纸笔写道："阿尔伯特·爱因斯坦。他的友人阿尔伯特·史怀特代签。"原来，不但他俩的名字中都有"阿尔伯特"（Albert），而且面孔也有几分相像。

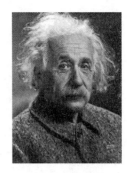

爱因斯坦

对于"代劳签名"的史怀特，爱因斯坦也不忘"投桃报李"——曾在《质朴的伟大》中说："像史怀特这样理想地集善与对美的渴望于一身的人，我几乎还没有发现过。"

比史怀特更客气的，还有一位美国总统——他让一位秘书高高兴兴地改正了缺点。

卡尔文·柯立芝（1872—1933）是美国第 30 任总统（1921—1929 在任），他有一位漂亮的女秘书。这个女秘书工作不太细心——在工作中经常出一些差错。

一天早晨，柯立芝看见这位女秘书走到办公室，就对她说："今天你穿的这衣服真漂亮，正适合你这样年轻漂亮的小姐。"

这几句很动听的赞美话，出乎女秘书的意料，她竟然不好意思了。

柯立芝

"但也不要骄傲，我想你的公文处理得也能和你一样漂亮。"柯立芝接着说。

果然，从那一天起，女秘书在公文上就很少出错了。

一位议员知道了这件事，就去问总统："这个方法很妙，你是怎么想出来的？"

柯立芝总统笑了："这很简单，你看见过理发师给人刮胡子先要涂肥皂水吗？涂肥皂水干什么？就是刮起来使人不痛。我用的就是这个办法。"

上面史怀特和柯立芝的故事，使我们想起了一句名言："用太阳的温暖去移风易俗，要比用暴风骤雨好。"它的作者，是美国思想家和作家爱默生（1803—1882）。

爱默生

史怀特和柯立芝虽然不是在"移风易俗"，但是他们机智地"用太阳的温暖"代替说教和指责，达到各自目的的效果却是"一级棒"的，值得我们当今的管理者、老师和家长等"教育者"思考和借鉴。

说到用"太阳的温暖"去教育人，这里还有四个著名的故事，读后使人难以忘怀。

巴尔扎克（1799—1850）是我们熟悉的法国大作家。他一生写下了很多举世闻名的作品，但手头却非常拮据。

一天深夜，一个人小心翼翼地爬进了巴尔扎克的房间，在他的书桌里摸索，最后企图撬开他书桌上的锁——他以为主人已经睡着了。

突然，一阵大笑划破寂静，这个人也被吓得惊慌失措。

原来，巴尔扎克被响声惊醒了，他知道进来了一个小偷，于是发出爽朗的大笑。

稍一定神，这个人问："你笑什么？"

巴尔扎克十分平静地笑着说："伙计，我笑的是，你在深夜里想找到钱，费这么大的劲，冒这么大的险，值不得。亲爱的，别找了，白天我都不能在这书桌里找到钱，何况在黑夜里。别白费力气啦！"

小偷听罢，悄然消失在"上接高天，下垂厚地"的黑夜之中……

柯立芝与一个小偷，也有过一段耐人寻味的情谊。

1923 年 8 月下旬的一天深夜，柯立芝和夫人格雷斯住在华盛顿维拉德饭店三楼的套房里。

朦胧之中的柯立芝被一阵细碎的声音惊醒。他睁开眼睛，发现潜入卧室里的一个人正在翻弄着他的衣服，从衣袋里把钱包掏出来，还拿到了一块表。

柯立芝没有惊动还在熟睡的夫人，更没有呼叫特工保卫人员。他悄悄地从床上起来，走到小偷跟前，轻声地指着那块表说："我希望你最好不要把它拿走。"

做贼心虚的小偷听到这突如其来的说话声，大吃一惊。但当他发现房主人非常慈善并且没有恶意的时候，就壮着胆子问："为什么?"

柯立芝说："我指的不是表和表链，而是指你拿的那个表链上的表坠。"

小偷下意识地看了看表坠，却不解其意：这和其他的表坠并没有什么区别呀!

"你把表坠拿到窗前仔细地看一看，看看刻在表坠背面的字。"柯立芝看出了小偷的疑惑，就这么说。

小偷走到窗前，借着黎明的微光轻声念道："众议院院长卡尔文·柯立芝惠存。"落款是"马萨诸塞州州议会赠"。

小偷顿时瞪大了眼睛，扭头看着柯立芝将信将疑地说："你，你……你就是柯立芝总统?"

柯立芝点点头说："不错，我就是柯立芝。那个表坠是议会送给我的，我很喜欢。表坠对你没有什么用处，你需要的是钱。来，咱们商量一下怎么样?"

小偷壮着胆子把钱包举了举说："我只要这个，其他什么我都不要!"

柯立芝清楚，钱包里总共有80美元。

当年轻人坐下来之后，柯立芝问他为什么要偷东西。年轻人说，自己是个学生，在假期和大学里的一个同学一块儿出来玩，花费太多了。钱花光了，没有钱支付旅店的费用，只好出来偷钱，没想到竟偷到了总统你的头上……

柯立芝不但没有生气，反倒帮这个年轻人算了算两个人的住宿和返回学校的车票加起来所需要的费用。然后，从钱包里取出 32 美元交给了年轻人，说："这钱不是你偷的，而是我借给你的!"

柯立芝还嘱咐年轻人，天快要亮了，特工保卫人员就在饭店走廊里巡逻，最好尽快按原路返回。

年轻人听罢，赶紧从爬进来的窗口又爬了出去，瞬间就消失在黎明前的黑暗之中……

也许，年轻人的这一"消失"，就是"鲤鱼脱却金钩去，摇头摆尾不回来"了。

小偷走后，柯立芝把这件事告诉了夫人，以及两位挚友——家庭律师史蒂文斯法官，以及自由撰稿人和摄影师麦卡锡。同时，柯立芝要求大家一定要保守秘密。的确，他们从来没有透露过这个年轻人的姓名。

柯立芝与小偷耐人寻味的情谊，还表现在小偷没有辜负他的教诲上。后来，这条"脱却金钩"的"鲤鱼"，如数地把 32 美元还给了柯立芝。这就是"和风细雨"式教育的实际效果。关于这一点，在柯立芝的挚友麦卡锡的笔记中有明确的记载。

柯立芝与小偷耐人寻味的情谊，不仅体现在对小偷的教育和帮助上，更体现在对小偷人格的尊重上。

品味这个故事，确实可以让人领悟到柯立芝非同寻常的友善、大度、责任感和睿智。

只有充满爱心和襟怀宽广的人，才有这种睿智。

误辞助手与错杀爱犬
——马斯基林和威尔士王子

"你被解雇了。"1796 年的一天，马斯基林对他的忠实助手金内布鲁克说。

忠实的助手为什么会被解雇呢？

16、17 世纪之交，两种望远镜先后诞生。一种由凸凹各一个透镜组成，叫伽利略式，用它看到的像是正立的；另一种由两个凸透镜组成，叫开普勒式，用它看到的像是倒立的。人们发现，不管是哪种折射式望远镜，都有一个相同的致命的缺点：要产生像差和色差。

这里提到的开普勒（1571—1630）是德国天文学家，他以发现行星运动三大定律闻名于世。

什么是像差和色差呢？

对单色光而言，物体通过透镜所成的像变了形（例如点状物变成线状物），这就是像差。像差主要有球差（球面像差）、慧差（彗星像差）、像散、像场弯曲（像面弯曲）、像形畸变。对复色光，还会产生颜色失真或变化，这就是色像差即色差。

色差是怎样产生的呢？

原来，复色光中每种单色光的波长是不同的，因此，每种单色光在透镜中的折射率就不同，复色光中的这些单色光通过透镜后，就不可避免地"分道扬镳"而呈现"五颜六色"了。这，就是所谓的色散现象，色差就是由它引起的。

为什么这些单色光通过透镜后，会"分道扬镳"呢？

道理也很简单，因为透镜可以分解成若干个棱镜，而复色光中的这些单色光通过棱镜之后，就会"分道扬镳"——像图中所示的著名的牛顿"分解白光"实验那样。

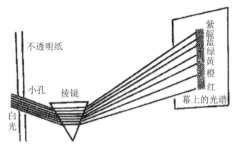

1666 年，牛顿买棱镜做"分解白光"实验

牧师内维尔·马斯基林（1732—1811）博士，是一位英国天文学家（根据他测出的数据推算出地球的密度是 4.5 克/厘米³，现代值是 5.515 克/厘米³）。1764 年，第四任（1762—1764 在任）"皇家天文学家"纳撒尼尔·布里斯（Nathaniel Bliss, 1700—1764）牧师辞世，之后的第二年，马斯基林成了第五任（1765—1811）"皇家天文学家"。

马斯基林

马斯基林在格林尼治天文台观测天体的时候发现，自己的观测结果总是与他的助手金内布鲁克（D. Kinnebrook）有一个细微的差异，而且星体通过交叉点（例如子午线上的一点）的时间两人的观察记录总会差 0.8 秒。马斯基林认为这个助手观测不得力，就炒了他的鱿鱼，于是就有了前面说的助手"下岗"。

马斯基林当时并不知道，他的助手没有错，而这细微的差异正是折射式望远镜的色差和像差引起的——马斯基林在色差面前闹了笑话。忠实的助手含冤离去，丢了"饭碗"。

为什么会差 0.8 秒呢？这个问题引起了不少天文学家的注意。1823 年，德国数学家、天文学家贝塞尔（1784—1846）发现，所有的天文工作者报告星体通过的速度都有差异，而这种误差源于个体差异。他由此计算出"人差方程"（personal equation），以便天文工作者之间的差异能在计算中消去。贝塞尔自己与另一个天文学家安吉兰德（1799—1875）共同观察后得到的人差方程为：A－B＝1.223 秒。

所谓"人差"是指因为个体差异，不同的人在观察同一天文现象时，记录的反应时间存在的差异。人差方程就是描述这种客观差异的——上述"A－B＝1.223 秒"表示这种时间差异是 1.223 秒。

纪念贝塞尔 200 周年诞辰邮票，由德意志联邦共和国 1984 年 6 月 19 日发行

丢了"饭碗"还算是幸运的，"命丧黄泉"就更惨了。

命丧黄泉的不是一个人，而是一只狗。

距今 700 多年以前，威尔士的王子有一条很大的狗，它的名字叫吉尔特。它很勇敢，经常跟王子一起去打猎。

有一天，王子把吉尔特留在家里，让它照看正在小木床里睡觉的年幼的儿子。

几个小时以后，王子回到家里。同往常一样，吉尔特热情地跑出去迎接他。

突然，王子看到吉尔特下巴和头上有血迹。

"你干了些什么？"王子警觉地问。

当然，王子只能听到吉尔特的"汪，汪"声，而不知所云……

满怀狐疑的王子冲到房间里，发现小床侧翻在地板上，他儿子的被子上也有血迹。

"你杀了我的儿子！"王子怒不可遏地喊着，"你这不忠实的狗！"

王子拔出利剑，一下子刺中了吉尔特的咽喉……

就在这时，一阵婴儿的哭声从屋外传来，把他从愤怒的地狱唤回了天堂。

王子立即冲出屋子，看见他儿子安然无恙地躺在地上，在他儿子的身旁有一只死去的狼……

还有什么需要说的吗？

一切都在不言中：这只狼试图把小孩从床上叼走，吉尔特为了救他的儿子而击败了狼，自己也身负重伤。

王子急忙跑回屋子，但是为时已晚，勇敢的吉尔特已经魂归故里。当王子意识到自己杀害了忠实的朋友的时候，泪水如雨，潸然而下……

在一阵悲痛之后，王子把吉尔特的尸体埋葬在一个山顶上。每天早上，他都要爬上山顶，为的是能在吉尔特的墓旁站几分钟。

马斯基林失误解雇助手和威尔士的王子错杀吉尔特的故事，虽然发生在不同的领域中，但是却有一个重要的共同点：在没有完全了解所有真相的时候，就匆忙下了结论，造成"冤案"。

这都是性格急躁的表现，是思想方法上的错误，更是缺乏智慧的结果。

可是，要"人人都洞晓一切事物的真相"，又谈何容易啊！君不见"大自然把人们困在黑暗之中"啊！

"愚人常常闯进愚人们以前去过的地方。"现代的我们，应该具有古代马斯基林和威尔士的王子所没有的那种睿智，不要再当这句名言中的愚人。

自己就是很好的介绍信
——拉普拉斯和费西特

拉普拉斯（1749—1827）是法国著名的天文学家、数学家，在多个领域都有重大贡献，还有一段睿智故事给后人以深刻的启示。

拉普拉斯

18 岁的拉普拉斯在开恩大学学习数学毕业后，要找工作，就携带着知名人士的介绍信只身前往巴黎，拜见当时已经声名远播的法国数学家达朗贝尔（1717—1783）。

"可惜"的是，达朗贝尔对这类介绍信一律不感兴趣，就把拉普拉斯拒之门外。

"碰壁"的拉普拉斯并不"甘心失败"。他回到住所，就力学的一般原理，提笔给达朗贝尔写了一封十分漂亮的信，并附上有这些原理的一篇论文。

这封信引起了达朗贝尔的重视——他很欣赏拉普拉斯在论文中反映出来的才华。于是达朗贝尔欣然命笔，回了一封热情洋溢的信，说："你用不着别人介绍，你自己就是很好的介绍信……"

这句"你自己就是很好的介绍信"，成了流传至今的名言，激励着一代又一代人的自信。

达朗贝尔

此后，经过达朗贝尔的推荐，21 岁的拉普拉斯在 1770 年当上了巴黎军事学校的数学教授，开始了自己一生的科学事业。

几乎同样的睿智故事发生在两位德国大哲学家身上。

200多年以前，一位德国青年出门去拜访当时著名的德国哲学家伊曼努尔·康德（1727—1804），准备拜他为师求得教导，深入地钻研康德哲学。

他哪里知道，满怀希望而去，却满怀失望而归——康德异常冷漠，拒绝收这个"小"学生。

可喜的是，小伙子并没有灰心，或者怨天尤人，而是从自己身上找原因。

他想，我没有成果，两手空空，人家当然会拒绝。我为什么不拿出成果来呢？于是他埋头苦学康德的《实践性的批判》，在1791年完成了一篇名为《一切天启的批判》（也译《天启的批判》）的论文，并在同一年的秋天到哥尼斯堡呈献给康德，还附上一封信。

康德

小伙子在信中说："我是为了拜见自己最崇拜的大哲学家而来的，但仔细一想，对本身是否有这种资格都没有审慎考虑，所以感到万分抱歉。虽然我也可以索求其他名人的引荐，但我不打算这样做，而是决心毛遂自荐，这篇论文就是我自己的介绍信。"

细读了年轻人的论文，康德不禁拍案叫绝。他为小伙子的才华和独特的求学方式所感动，决定"召见"这位他曾拒之门外的年轻人。

于是，康德亲笔写的一封热情洋溢的邀请信送达了年轻人的手中，他还推荐发表了《一切天启的批判》这篇论文。

说起这篇论文，还有一段趣闻。当它在1792年发表时，由于漏署了姓名，以至于人们还以为是康德的大作。由此可见，经过"十年寒窗苦"之后，这个"后生"的这篇论文的水平，已经不在康德之下。

从此，师生俩一起探讨哲学，年轻人也获得了成功的机会。

这位年轻人，后来成为德国著名的教育家和哲学家，他的姓名是约翰·哥特利勃·费西特（1762—1814）。

在求学的路上，在求职的门前，每个人都希望得到名师的指点、伯乐的赏识，因为那是扬帆学海的东风，打开成功之门的钥匙；但是，名师却只偏爱求知若渴的学子，伯乐钟情驰骋千里的良骥。你要得到别人的垂青，就必须拿出你的行动，展现你的才华。这就是你最好的介绍信——那上面是无形的字：热情和执着！

费西特

从这两个故事可以看出，实力是求职、求师天平上最重的砝码，找人介绍只是机遇。

也许，今天求职的人们能从这两个故事中得到有益的启迪。

但愿你也有拉普拉斯和费西特那样的智慧。

最后，我们用美国"钢铁大王"安德鲁·卡耐基（1835—1919）对机遇的论述，作为这个故事的结尾："当机会呈现在眼前的时候，如果能够牢牢把握，十之八九都可以获得成功；而能克服偶然事件，为自己寻找机会的人，更可以取得百分之百的成功。"

数据面前别具慧眼
——开普勒为天空"立法"

下面是一个行星与太阳的距离 D——更准确地说，是行星椭圆轨道的长半轴与公转周期 T 的表。在 17 世纪以前，人们只发现了这 6 颗行星的相关资料。表中数据都以地球的有关参数为 1.000 计算。

参数＼星名	水星	金星	地球	火星	木星	土星
D	0.387	0.723	1.000	1.52	5.20	9.54
T	0.24	0.615	1.000	1.88	11.9	29.5

读者朋友，我们能从表中看出什么来吗？

什么也看不出来！可是，就有这么一个人，从当时流行的行星正圆形轨道和实际轨道的 8′误差看出了点什么。他把这个表"魔术师般地一变"，就变成了下面的表格。

参数＼星名	水星	金星	地球	火星	木星	土星
D	0.387	0.723	1.000	1.52	5.20	9.54
T	0.24	0.615	1.000	1.88	11.9	29.5
D^3	0.057	0.377	1.000	3.512	140.6	868.3
T^2	0.057	0.378	1.000	3.534	141.6	870.2

你看，这个表格中的 D^3 和 T^2 的值基本上相等，考虑测量误差，也就是 $D^3 = T^2$。

咦！这不是我们熟悉的行星运动三大定律中的第三定律吗？

是的，这就是德国天文学家开普勒（1571—1630）在 1619 年为我

开普勒

们制定的"天空的法律"中的第三条，而前两条他在 1609 年已经制定。

开普勒用敏锐的观察力，把数学方法应用到行星规律的研究之中，使古希腊人发现的圆锥曲线的性质在大约 1 800 年之后，有了这么光辉的应用！

于是，开普勒不无自豪地在他 1619 年的《宇宙的和谐》一书中写道："就凭这 8′ 的差异，就引起了天文学的全部革命。"

人们心目中"完美"的正圆形轨道消失了——行踪诡秘的行星从"上帝的一推"中逃了出来，遁入椭圆轨道……

此时，我们不得不吟唱起波兰诗人阿斯尼克（1838—1897）那火一样的诗：

"…………

你——擎起知识的火炬，

在几个世纪的工作中，

做出新的成绩，

并建造一座未来的殿堂……"

那么，开普勒有关行星的资料又是从什么地方来的呢？

原来，在 1599 年，开普勒应瑞典籍丹麦天文学家布拉赫·第谷（1546—1601）的邀请到了布拉格，当上了第谷的助手；而第谷是应凯泽·鲁道夫二世之邀到这位皇帝的宫廷天文台工作的。1601 年，第谷死后，他的 30 多年的观测资料就留给了开普勒。

现在，新问题又出来了，第谷既然有 30 多年的观测资料，那他为什么没有发现他的继承者开普勒后来才发现的行星运动定律呢？

原来，第谷只注意了一大堆观测数据，却没能像开普勒那样进行了大量的深入细致的研究和富有开创性的数学计算，于是把本来已经拿到手的行星运动定律，转交给了他的助手。在一定意义上，留下永恒的遗憾。

像开普勒那样睿智地用数学方法精彩地处理数据的天文学家还真不少。

德国的中学教师提丢斯在 1766 年和德国天文学家波德在 1772 年，发现了行星距离间的排列规则——提丢斯－波德规则，也是这样精彩地处理天文数据的结果。

更神奇的是，在 1946 年，法国人塞文把太阳系的 11 个天体和设想中的冥外行星——所谓"第十大行星"，分成 6 对，计算出一种叫"对数"（不是数学里的对数）的数字，所得到的一些数据竟然和提丢斯－波德规则不谋而合！虽然天文学家们至今没有揭开这"不谋而合"的奥秘，但是他们的睿智确实使人一步三叹！

"摸出颜色"识罐子
——盲人智斗奸商

"买罐子啰,买罐子啰……"

在巴格达大街的尽头,有一个小杂货摊,货主这样不停地吆喝着,招揽来往行人。

小杂货摊摆着许多精致光亮的罐子,有白有黑,夏日的阳光把它们晒得发热。

路过这里的一个盲人听到叫卖声,就"顺声摸瓜"走了过来——他正想买个罐子。

货主做了一番介绍之后,继续"王婆卖瓜":"先生,这是巴格达最好的罐子,几十个罐子卖得就只剩这么几个了。你听,这声音多清脆。"边说边敲罐子。

"你的罐子是什么颜色的?"盲人听了之后问货主。

"黑白都有,白的4个,黑的1个,一共5个,"货主说,"白的2元一个,黑的3元一个。一分钱一分货,黑的结实耐用。"

"那就买一个黑色的吧。"盲人边说边掏钱递给货主。

奸诈的货主收下钱之后,心想这是一个盲人,他是分不出黑白的,就把1个白罐子递给盲人。盲人接过罐子,上下摸了个遍,又伸手摸了摸另外4个。摸完之后,突然高声骂道:"你这个奸

盲人"看"出了罐子的颜色

商，收黑罐子的钱，给白罐子的货，竟欺骗一个盲人！"

货主一时被惊呆了——盲人怎么能"看出"颜色呢？

"咦，他可能是在打心理战，诈唬我，"货主想，"盲人不可能分辨出黑白。"接着，他就镇静下来，冷笑着回答："给的是黑罐子，你别胡说！"

"不！这是白罐子！"盲人也不示弱。

"黑罐子！"

"白罐子！"

…………

盲人和货主的争吵声引来了路人围观。看到这个情景，他们也被货主的缺德激怒了，纷纷指责货主，货主无言以对。

不过，在这个时候，大家也感到奇怪，一个盲人怎么能用手"看"出黑白呢？于是有人怀疑他不是盲人。为了弄清真假，一个路人就捏起拳头假装朝盲人的眼睛打过去。但这时，盲人的眼睛却"目中无拳"——这是一个"真资格"的盲人。

人们更奇怪了，真盲人是如何用手辨别黑白的呢？

为了弄清原因，一个年轻人灵机一动，故意对盲人说："先生，你眼睛看不见，错怪货主了，他给你的是黑罐子，而不是白罐子。"

"不要用谎言来欺骗我，袒护骗人的货主了，我的手对我是绝对忠诚的，"盲人说，"你们也亲手来摸一摸吧！"

大家好奇地挨个摸了一个遍，终于明白过来了。盲人的确不是"冒牌货"，也没有说错。这时，人们对盲人不由得产生敬意，而对那个奸商则同声谴责。

盲人是怎样用手"摸出颜色"来的呢？

原来，白罐子反射阳光，所以只感觉有些微热；而黑罐子吸收阳光，所以摸上去热得多。用手去摸的时候，当然"黑白分明"了。

这个盲人用手"摸出罐子颜色"，机智地斗败奸商的故事，被广为传诵，产生了多个不完全一样的版本。例如，其中一个版本说，地点是在古罗马街头。

借得阳光破厚冰
——"高斯"号这样脱险

一束激光从外面射进鼓胀的"双层气球",在一声闷响之后,内层气球爆裂,外层气球完好无损。这是 2007 年"五一黄金周"在武汉光谷广场"光谷秀"展厅内的"激光秀"。

"啊?不可能吧——激光先穿过外层气球再穿过内层气球的呀!"
"是啊——我也这么想!"到"激光秀场"的观众们看得目瞪口呆,纷纷议论。

这种"奇怪"的现象是怎么发生的呢?

我们暂时搁下不管,先把日历翻回到 116 年以前吧。

1903 年,一艘名叫"高斯"号的探险船,到达了南极。

南极和北极类似,半年为界:半年冬天,不见五指的黑夜把世界笼罩;半年夏天——从 9 月到第二年 3 月,好似没有温度的太阳在天边低回。南极的风也特别大,吹的时间也很长。

"高斯"号到达南极的时候,半年夏天刚刚开始,一场大暴风过去之后,船被冻在冰上,船和冰像浇铸在一起似的,一点动弹不得。

人们急了,船要走啊!怎么办?用炸药把冰爆破开,用电钻把冰钻上孔打碎,用锯子把冰锯开……

一切努力都无济于事:这里的冰破开后那里的冰还没来得及破,原来破开处又结冰了……

目标很明确,只有打开约 2 千米长、10 米宽的航道,才能使船驶到没结冰的海面上,脱离困境。

有什么办法能破冰通航呢？从船长到船员，都在为此冥思苦想。

"有办法了！"正在大家一筹莫展的时候，忽然有一个船员这么说。

"有什么办法？"——"有办法了"的声音犹如黑夜中的明灯，沙漠中的甘泉，大家立即围过去急迫地问。

这个船员对船长和大家说："把船上的煤灰、煤渣、垃圾这些深黑色的东西都铺到冰上，让这不落的太阳来帮忙，这样就能使冰融化。"

这个办法是否会奏效呢？船长半信半疑，但是看着一天天减少的食品，只好答应试一试。

全船的人都动员起来了，把能搜集到的煤灰、煤渣、垃圾、灰尘都铺在船周围的冰面上，铺在通向没结冰的海水的那段冰面上。好在当时的船都烧煤，不愁没有大量的煤灰、煤渣等"黑色物品"。在大家一阵汗流浃背之后，煤灰、煤渣等铺好了。

大家耐心地等待着。

一天过去了，两天过去了……

几天过去之后，柔和低回的斜阳，终于使煤灰等物品下面的冰层变薄、融化……

"高斯"号全体船员欢呼雀跃，把那个船员抬起来，抛得老高……

那么，又是谁给这位船员传授了破冰的"锦囊妙计"呢？是本杰明·富兰克林。

原来，这位船员读过一本流传久远的名著——《富兰克林传》，这本书里记载着美国著名的科学家本杰明·富兰克林首先发现的规律：太阳照射时深色的物体比浅色的物体升温快。不过，当时人们并不知

富兰克林

道这一规律有什么实际应用，没有引起更多的人的注意。这个船员就是受这个知识的启发，灵活运用这个知识而提出前述建议的。

一位读过《富兰克林传》的人，就有了一个知识；有了一个知识，就有了破冰的智慧。这充分证明"书籍是全世界的营养品"（莎士比

亚)。多了知识，就多了智慧。"知识是人们任何一条道路上的伙伴"（格鲁吉亚诗人古拉米施维里）。

为什么太阳照射深色物体升温比浅色物体升温快呢？这还得从物体的颜色说起。

物体的颜色是由照射它的光线的颜色和它反射、吸收、通过光线的种类决定的，大致规律如下。

首先，照射光线是单色光的时候，如果被照射物体能反射全部光线，则物体就呈现这种单色光的颜色。红光照在一张纸上（这张纸如果用阳光照射，呈白色），则这张纸呈红色，因为这时只有红色光供它反射，反射的红光到达人眼，刺激相应的视觉细胞，让人感知红色。

其次，照射光线是单色光的时候，如果被照射物体只能反射某一种光线，就有两种可能。①假如物体能反射的光线与照射光线相同，则物体就呈现这种单色光的颜色。红光照射只能反射红光的物体，就呈红色。②假如物体能反射的光线与照射光线不同，则物体呈黑色。红光照射只能反射绿光的物体时，就呈黑色。

最后，照射光线是白色光（例如阳光）时，物体的颜色由物体反射、吸收、透过的光线决定。①如果物体只能反射某一种光线时，则物体呈这种光线的颜色，如某物体反射红光，则物体呈红色。②如果物体能反射全部光线，则物体呈白色，如白纸。③如果物体能吸收全部光线，则物体呈黑色，如黑布。④如果物体透过全部光线，则物体呈透明状，不显颜色，如纯净、透明的水。

由以上规律我们可以知道，当南极并不温暖的阳光照在白色的冰雪上的时候，几乎所有的可见光——实际上还有比可见光热效应更强的红外线，都不易被吸收，所以冰雪不会融化。我们在夏天穿白色或浅色的衬衣，感觉凉爽些，也是这个道理。

当冰上铺了黑色煤灰等物品之后，可见的太阳光几乎全部被它们吸收（实际上还吸收了更强的红外线），吸收后的热量传递给冰雪，冰雪就升温融化。脏的雪比干净的冰雪先融化，也是这个道理。这里所说的"几乎全部",其实是个"变量"——各种黑色物质"黑"的程度不同,吸收光线的能力也不同。事实上,一般黑色物质只能吸收90%～95%的光线,而美国休斯敦市赖斯大学的科学家在2008年初制成的当时世界上最"黑"的材料,能吸收99.955%的光线,被称为"零反射率"(实际为0.045%)材料。

现在,可以揭秘故事开头双层气球的"怪异行为"了。原来,双层气球是由外层的一个白色塑料气球和内层的一个红色塑料气球套叠在一起吹胀的。当激光通过白色气球的时候,由于白色物体不易吸热,所以温度升高忽略不计,而激光引起的穿孔又极其微小,所以白色气球就"完好无损"。当激光通过红色气球的时候,就不同了——由于深色物体容易吸热,所以红色塑料的温度在瞬间升高很多而熔化致红色气球破裂。

可是,生活在沙漠中的贝都因人——还有许多生活在中东地区沙漠中的人,却世世代代都穿黑色的袍子度过炎热的夏天。这又是为什么呢?

这一"反常"事件,引起了科学家们的极大兴趣。他们在阳光下测得黑色袍子表面的温度是47℃,的确比白色袍子表面的温度41℃要高。他们又测得地面附近空气的温度是38℃,显然这个温度比黑色袍子和白色袍子里面的空气温度都要低。这就是说,无论是黑袍子还是白袍子,里面的空气温度都比地面附近空气的温度高。这就会发生空气对流——袍子里的热空气上升,周围的空气从下面来补充。贝都因人穿的袍子非常肥大,不会妨碍这种空气对流。

对流的空气不但直接把衣服表面传来的热量带走,而且还加速了汗水的蒸发而带走热量——这就是"蒸发制冷"的原理。由于穿黑袍时里面的空气和地面附近空气的温度差,比穿白袍时大,对流也就更强,所以穿黑袍的人比穿白袍的人觉得相对凉爽一些。

白色物体容易反射热量和黑色物体容易吸收热量的原理,还演绎出一个有趣的"白衣黑裙"的故事。

1978 年 8 月 11—17 日，三位美国飞行家乘坐一只大型充氦气球——体积 5 000 立方米的"双鹰 2"号漂洋过海，首次成功地横渡了大西洋。有趣的是，气球的上半部分被涂成银白色，下半部分被涂成黑色——就像穿上了白衣黑裙。

气球为什么要"穿"成这样呢？

白天烈日当空，气球吸热后体积变大会上升；而"白衣"反射了太阳的大部分热量，可以防止气球升得过高而发生危险。

夜晚气温降低，气球收缩变小会急剧下降；而夜晚海水的温度比空气温度高，所以"黑裙"能够尽量吸收海水辐射的热量，避免气球的温度下降太多而落到海里。

原来，素衣皂裙对保证气球正常飞行起着重要的作用。

用相同的原理，科学家们为宇宙飞船穿上了合适的衣服：壳体外表面都涂成蓝或银白色，壳体的内表面都涂成黑色。这样，既可以防止在飞船面对阳光照射的时候，壳体温度剧烈升高，使内部的人难受；又可以防止在飞船背向太阳的时候，壳体内部的热量大量释放出来，从而使舱内的温度保持相对平衡。

"盗"天火和"快跑"
——孤岛、南极洲和普吉岛逃生

已经三天了——老船员杰克被困在荒无人烟的小孤岛上。一点吃的东西也没有，饿得实在有些受不住，可他还没想出脱离这个鬼地方的办法。

杰克怎么会来到这个鬼地方呢？

那是个炎热的夏天。一艘货轮正行驶在广阔的海面上，突然，特大的风暴像凶猛的野兽扑来，平静的海面不再微笑，滔天巨浪很快打沉了货轮，船员们葬身海底。

只有杰克一个人幸运地死里逃生：在与风浪搏斗了大半天之后，漂流到这个荒岛上。

"难道就困死在这里吗？"杰克想，"有什么办法离开这个孤岛呢？"

远处有一艘船驶过，杰克满怀希望地冲向岸边，挥动双手，嘶声竭力地叫喊，但是他的"高分贝"被淹没在大海"更高分贝"的涛声之中。

过了一会儿，又有桅杆出现在天水相连的地方，杰克又"金鸡高唱"，但仍无济于事。

…………

杰克十分焦虑。他忽然想起："对，我烧起一堆火。这样，有船在附近驶过就会发现，我也就得救了。"

可是，身边没有火柴，没有打火机，没有任何可以用来点火的东西，怎么能烧起冲天大火呢，他又陷入了绝望之中……

火热的太阳高悬天穹，石头晒得发烫。突然，杰克在海边发现了一个漂来的小木盒，里面装着一瓶酒和两个球状玻璃酒杯。他下意识地拿起来，打开酒瓶，满满斟了一杯，举在面前，大概他认为自己不可能活着离开这里了，含着泪水的两眼呆呆地远望着茫茫的大海，像在祝福着什么。

就在这个时候，强烈的阳光透过玻璃酒杯，把一束亮光射在他的脸上，照得脸火辣辣的，有些痛。他的心头不禁一喜，兴奋地叫道："有办法了！有办法了！"

"平时可以用玻璃制成的凸透镜生火点烟，现在用盛满水的球状玻璃酒杯当凸透镜，不就可以点着火了吗？"

杰克想到这里，立即拾了一堆枯草，把酒杯装满水，让阳光透过"酒杯凸透镜"在焦点处形成的亮点照在枯草上。不一会儿，亮点处冒出了一缕轻烟，枯草被点着了。

杰克一蹦三丈高："我的普罗米修斯！我的普罗米修斯！"

就这样，孤岛上的烟火把航船吸引了过来，杰克得救了。

靠凸透镜取火的故事不止上面这一个。

在南极洲的盛夏季节，一个探险队到达南极洲。这里的"盛夏"，温度是零下二三十摄氏度，没有昼夜之分，"不温不火"的太阳一直徘徊在天空……

探险队员们顽强地抵抗着无情的寒冷和风暴，克服重重困难，进行科学探测。当他们到达一个孤岛上的时候，一件意想不到的事情发生了：要动手生火烧水做饭了，打火器却找不到了。能找的地方都找了个遍，也不见打火器的踪影。

没有火，就不能生活，就不能坚持工作，连生命也将终结。

大家一筹莫展，陷于绝望。

"难道就真的束手无策，等待无情的死神到来吗？"一个年轻的队员久久地思索着。最后，他终于想出了一个办法。

他取了一块冰，用小刀轻轻地刮，用温暖的双手不断摸弄，慢慢地，做成了一个光洁透明的半球形的"冰凸透镜"。

他举着"冰凸透镜"，向着太阳。

太阳光穿过"冰凸透镜"聚焦成亮点，照射在一团干燥蓬松的火绒上。

一分钟，两分钟……火绒冒出一缕淡淡的青烟。又过了一会儿，火绒上出现一个红点，接着就燃烧起来……

…………

用冰取火的故事，也有"古代中国版"。早在公元前2世纪，中国就有人用冰取火了。清朝末年，著名科学家郑复光（1780—约1853）根据古书的记载，用一个壶底稍微凹陷的锡壶，壶中装满热水，在所取的冰块上旋熨让冰逐渐融化，就得到晶莹透亮的冰凸透镜，然后用它对着太阳取火，获得成功。

用冰取火的故事，也曾多次出现在极地探险队生火脱险的故事中，出现在无数科幻作品之中。例如，法国小说家儒勒·凡尔纳（1828—1905）在他的科幻小说《哈特拉斯船长历险记》中，就写道："拿着冰迎着太阳，把阳光聚焦在火绒上，几秒钟以后，火绒就燃了。"

"一个人知道得越多，他就越有力量。"上面杰克和南极探险队用知识逃生的故事，使我们想起高尔基曾这样说过。下面少年英雄救出几百人的故事，也对这句名言做了很好的诠释。

2004年12月26日，印度洋的地震引发了大海啸，使约24万人罹难。但是，也有不少人在知识的帮助下化险为夷——10岁的英国女孩蒂莉·史密斯不仅在这场灾难中幸存下来，而且还成了一名人人夸奖的"沙滩天使"。

泰国普吉岛上致命的海啸发生之前的几分钟，海水迅速从海岸线一退就是几百米，来不及后退的鱼儿在沙滩上翻腾跳跃着。

游客们不知道是怎么回事，都在那里"看稀奇"。有的说，这可能是圆月造成的奇异景象，胆大的还想走下海滩看个究竟。

此时，蒂莉却拼命地向大家喊叫："大浪要来啦！快跑！"没人知道那么多的游客当时为什么会听从一个小姑娘的"指挥"。可事实证明，警告声的确使游客们及时逃脱。这块海滩，也是普吉岛上唯一的一个没有发现遇难者的海滩。

"你怎么知道有大浪袭来？"人们问小蒂莉。蒂莉说，因为她几周前刚刚学到了这方面的知识。1775 年 11 月 1 日，把葡萄牙里斯本夷为平地的特大海啸就是这样的：当时大家看到了迅速退去的海水和裸露的海床，好奇心驱使不少人走下海滩，去和这千古奇观"近距离接触"。几分钟后，排山倒海的巨浪轰然而至……

小蒂莉对学到的知识印象深刻，所以机智及时地发出了"快跑"的喊声。

在这次海啸中，另外一个像蒂莉这样救人的故事，发生在斯里兰卡的东海岸。当时，有收集英美杂志习惯的英语教师穆万正在镇上的码头买鱼。当他忽然发现海水猛涨的时候，立即想起和杂志中描述的海啸情景相同，就立即向岸上边跑边喊。结果，认为他"神经不正常"而不理睬的人全部罹难，但二三十个听了他的话的人则全部幸存。

海啸之后 10 天，美国 CNN 的记者哈利斯·惠特贝克采访了救人英雄穆万。穆万拿出了那本救命的杂志——11 年前即 1994 年 5 月份的《发现》（*Discover*）期刊……

于是，我们要说：知识就是生命。

大火袭来用火攻
——北美老猎人的睿智

"是行动的时刻了。"老猎人说。

"你的行动已经太迟了，可怜的老头子！"米德里顿叫道，"大火离我们只有400米了，风又是用这样可怕的速度向我们这儿吹！"

"是吗！火，我也不怎么怕它。好，孩子们，别尽站着！现在马上动手割掉这一片干草，清出一块空地来。"

在很短的时间里，大家就清出了一块直径5米多的空地。老猎人吩咐妇女们用被褥把自己那些容易着火的衣服盖起来，然后就带领她们走到这块不大的空地的一边去。做了这些预防措施以后，老猎人就走到这块空地的另一边，那里大火已经像一堵高而危险的环墙，把旅客们包围了。他拿了一束非常干的草放在枪架上点起来。容易燃烧的干草立刻烧着了。老猎人把烧着的干草扔到高树丛里，然后走到空地中央，耐心地等待着最佳时机……

他放的这一把火贪婪地烧着草地。

"现在你们可以看看火怎样跟火作战了。"老猎人说。

"这不是更危险了吗？"吃惊的米德里顿大声叫道，"你不但没有把敌人赶走，反而把它引到身边来了。"

老猎人放的这把火越烧越大，同时向三个方向蔓延开来。但是在第四方向却因为是空地缺少燃料，熄灭了。

火势越来越大，在火前面出现的空地也越来越大。这片刚出现的黑色发烟的空地，要比用镰刀割的草地光得多，刚才清除出来的这块空地就随着从其他几面包围着它的火焰而扩大，要不是这样的话，那避难者的处境是会变得很危险的。

防止草原大火蔓延，用镰刀割出隔离带

几分钟以后，各方向的火焰都后退了，只有烟还包围着人们，但是这对于人已经没有危险了，大火已经疯狂地向前面奔去了。

旁边的人如同斐迪南国王的廷臣们看哥伦布立鸡蛋一样，怀着惊异的心情看着这个老猎人的巧妙灭火法。

以上是美国作家詹姆斯·费尼莫尔·库珀（1789—1851）于1827年出版的长篇小说《草原》（*The Prairie*）里的一段动人的灭火情节。

在美洲草原里发生大火的时候，人们就曾经使用过这种方法来扑灭大火。

库珀

当然，这种跟草原和森林大火做斗争的方法，只有极有经验的人才能利用迎火燃烧的方法来扑灭大火，否则只会引起更大的灾祸。

为什么这个老猎人所放的火会迎着火烧去，而不朝相反的方向烧呢？要知道风是从大火那方吹来，把火带到旅客身旁来的呀！似乎这个老猎人所放的火不应当迎着火海烧去，而要顺着草原后退啊！

这个老猎人的秘诀在哪呢？

秘诀在普通的物理知识里。

虽然风是从燃烧着的草原那一方向旅客们吹来的，可是在大火前面离火很近的地方，有相反的气流朝着火焰吹。因为火海上面的空气受热以后会变轻而上升，这就使没有遭火灾的各方向的空气向大火流去，所以必须在火焰接近得能感觉出已经有空气在向大火流去的时候，才能动手迎着火来放火。这也就是为什么老猎人不急于动手，而是沉着地等待着最恰当的时机的缘故。

如果老猎人在这种气流还没有出现的时候，就过早地把草点燃，那么火就会朝相反的方向蔓延，使人们的处境更加危险。

当然也不能动手太迟，否则火逼得太近了，也会把人烧死。

阿姆斯特朗不是凶手
——苍天做证，月亮为凭

1990 年，美国《史密森》杂志举行了一次大规模的民意测验，要求读者投票选举三位"自古以来世界上使用文字最简洁的人"。结果"上帝"获得第一名。"他"用 300 多字就在《圣经》中阐明了《十戒》。第三名是英国第二次世界大战时期的首相丘吉尔。荣获第二名的，就是我们这个故事的主人公——美国总统（1860—1865 在任）亚拉伯罕·托马斯·林肯（1809—1865），他感人至深的《葛底斯堡演说辞》只用了 270 个词。

林肯是一位政治家，怎么扯到我们的科技史上来了呢？下面就是这位政治家用扎实的天文知识为别人洗雪罪名的故事。

林肯早年曾是一个律师。一次，一个名叫阿姆斯特朗的青年人被别人诬告为"图财害命"。阿姆斯特朗有口难辩，被判有罪。

阿姆斯特朗的父亲是林肯最好的朋友，已经去世。林肯了解阿姆斯特朗，他为人踏实厚道，绝不会去谋财害命，于是就主动担任了他的辩护律师，要为他洗雪沉冤。

林肯在查案卷、到"现场"、问事实之后断定，这是一起诬告案，要求法庭重审。

案件关键在诬告人收买的"证人"福尔逊身上。因为他一口咬定，他亲自在 10 月 18 日夜的月光下，在一个草堆后看到阿姆斯特朗开枪把人打死了。

激烈的法庭辩论开始了。

"你发誓说在 10 月 18 日夜月光下看清的人，是阿姆斯特朗而不是别人？"林肯直逼福尔逊。

"是的，我发誓！"福尔逊回答说。

"你在草堆后，与大树下的阿姆斯特朗相隔二三十米，你能认得清楚吗？"林肯又问。

"看得清，因为月光很亮，正照在他脸上，我看清了他的脸。"福尔逊又回答说。

"你能肯定是 11 点钟左右吗？"林肯继续问。

"完全能肯定，因为我回到房间里看钟时，正是 11 点 1 刻。"福尔逊的回答也很坚定。

听到这些谎言，林肯没有"向壁大呕，下气如雷"，而是面向大家郑重揭露，"证人"福尔逊在做伪证，是一个骗子！

法庭的人都愣住了——林肯怎么知道福尔逊在做伪证呢？在一阵阵窃窃私语之后，有人就高声质问林肯："你有什么根据呢？"

林肯不慌不忙地回答说："证人说他在 10 月 18 日晚上 11 点，在月光下看清了阿姆斯特朗的脸，但这天是上弦月，11 点哪里还有月光啊？即使假定有月光，也应从西往东照。遮着福尔逊的草堆在东边，阿姆斯特朗站在西边的大树下，如果他脸朝东，显然不会有月光；如果脸朝西，福尔逊又怎么能从二三十米远的草堆看清他的脸呢？"

林肯说到这里，法庭一片沉静，随之而来的是一阵雷鸣般的掌声。

林肯用非常扎实的天文、物理知识，机智地揭穿了谎言，拯救了无辜。此后，他成了当时美国最有名的律师之一。

林肯是同时代的马克思推崇的执政人。当他在 1865 年第二次当选为总统的时候，马克思写信祝贺他，称他为"工人阶级忠诚的儿子"。不幸的是，就在这一年的 4 月 14 日——南北战争快要结束的时候，林肯被奴隶主和纽约银行家雇的走狗暗杀在一个剧场里。废除黑奴制的伟人被杀，曾引起全世界的轩然大波。

林肯以机敏和幽默闻名于世，为此，我们不得不记下他的以下三个故事。

美国南北战争前出版的《汤姆叔叔的小屋》，它的作者斯托夫人身材瘦小。林肯接见她的时候，就诙谐且有分寸地称她为"写了一本书，酿成一场大战的小夫人"。因为这本畅销的、揭露南方黑奴制度的小说，的确在一定意义上是南北战争的导火索。

林肯的"法律是显露的道德，道德是隐藏的法律"的名言，看得出他对法律和道德的深刻理解和语言艺术。

在美国专利局门口的石壁上，醒目地镌刻着一句精辟而简短的格言："专利制度为天才之火添加利益之油。"它的作者也是林肯。

平卡顿智擒偷牛贼

——马粪揭开案件谜底

    像林肯那样机智地用渊博的知识破案的故事，并非绝无仅有。这里要讲的是和他同时代的大侦探——艾伦·平卡顿智擒偷牛贼的故事。

    平卡顿于 1829 年出生在英国，23 岁时只身来到美国。由于他先后破获了两起抢劫案而开始为人所知，后来又挫败了一次暗杀美国总统林肯的阴谋，而成为全美著名的侦探。

    1861 年，在林肯去华盛顿出席总统就职典礼的途中，一小撮反对废止农奴制度的南方人图谋暗杀林肯。平卡顿在调查一起火车抢劫案的时候，

平卡顿

无意间从手下人那里知道了这个消息，就将计就计乔装改扮混入了暗杀团伙，了解情况后及时通知林肯："当专车通过巴尔的摩时，你会遭到暗杀。"大吃一惊的林肯立即改变路线，在夜色的掩映下秘密离开巴尔的摩，逃过一劫。

    平卡顿是美国第一个私立侦探事务所的创立者。刚开始，事务所只有 9 个工作人员，后来竟发展到两万多人。他的事务所一天 24 小时都可以为主顾服务，并且绝不容许事务所的任何工作人员受贿。

    那时候，平卡顿的威信很高，业务也很忙，许多人遇到被偷、被抢、暗杀等等的案子，特别是有疑难的案件，都会去找他。警察局的侦缉力量，反而相当薄弱。

    当时，在美国伊利诺伊州有一个牧牛场，常发生偷牛事件。一到

夜晚,偷牛贼就悄悄地溜进牧场的牛栏把牛盗走。奇怪的是,牧场里只留下牛的足迹,却看不到人的脚印。开始,人们还以为是有些牛不安分,自己冲破栏棚逃走了。

又有一个夜晚,偷牛贼又出现了。这次牧场主已有所防备,偷牛贼才没能得逞而仓皇逃走。牧场主立刻骑马扬鞭猛追过去,但偷牛贼的速度却更快,不多一会儿,就消失在茫茫的黑暗之中……

留在地面上的又仅仅是牛的脚印……

"畜生!小偷原来是骑牛逃跑的,难怪一直没有找到人的脚印呢!不过,牛能跑得那样快吗?难道比马还快?真是不可思议。"牧场主感到不可理解。

第二天,牧场主请平卡顿来到现场。

"偷牛的人骑的不是牛,而是马,逃起来当然是非常快的。"平卡顿顺着牛的足迹进行搜索。不一会儿,他两手空空地回来了,就这样对牧场主说。

"可是,地上只有牛蹄的印迹啊!"牧场主对平卡顿的调查结论还不太理解。

"那是因为他们在马蹄上装的不是马掌,而是一个牛蹄形状的金属套子。"平卡顿解释说。

"您根据什么这样说呢?既没有抓到人,又没有捉住马,有什么证据呢?"牧场主依然迷惑不解。

"在离这里4千米的地方,偷牛人自己留下了确凿的证据。"平卡顿微微一笑,从口袋里掏出一个纸包,当即打开,"瞧,就是这个。"

牧场主一见,也禁不住笑起来。

那纸包里是什么东西呢?是马粪——牧场主当然一眼就能看出这和牛粪的区别。

偷牛贼没有考虑到这一点,因此尽管留下的都是牛的脚印,却还是掩盖不了骑的是马。平卡顿沿着马粪和牛的脚印,最后还是破了案,擒住了偷牛贼。

　　100 年前，法国最伟大的刑事犯罪学家艾得蒙·洛卡德曾经说过："任何接触都可以留下痕迹。"这一句话就为刑侦工作指明了方向：不是犯罪嫌疑人在现场留下痕迹，就是把现场的痕迹带走——它们都会成为天大的证据。

　　从林肯和平卡顿破案的故事中，我们获益匪浅。

　　第一，渊博的知识会给人以各种好处，这再次印证了"知识就是力量"的名言。

　　1922 年春，列宁住在离莫斯科不远的高尔克，他想找一个养蜂老人，以听取他对发展全国养蜂业的意见，但负责与老人联络的人去了莫斯科。列宁就以蜜蜂为"向导"，顺利到达了并未去过的养蜂老人的住所。

　　第二，任何事件都不可能无迹可寻，这给我们从事诸如侦破、审讯、科研的人以坚定的信心，让他们得以充分施展自己的智慧。

没吃完就知道鸡蛋变味
——柯南道尔这样退稿

亚瑟·伊格纳蒂斯·柯南道尔（1859—1930），一个使青少年神往的名字——我们的童年的科学梦、侦探梦，就是从读他的《福尔摩斯探案集》开始的。

柯南道尔曾当过杂志的编辑。不须赘言，杂志编辑总难免会处理大量的退稿。

柯南道尔

"您退回了我的小说，但我知道您并没有把它看完，因为我故意把几页稿纸粘在一起，收到退稿时发现您并没有把它们拆开。您这样做，是很不好的。"一天，柯南道尔收到一封信，信中这样说。

"很不好的"柯南道尔立即回信说："如果您吃早饭的时候，盘子里放着一个坏鸡蛋，您大可不必把它吃完才能证明这个鸡蛋已经变味了。"

柯南道尔出生在爱丁堡一个穷画家之家。当过医生的柯南道尔在他1887年出版了第一部侦探小说《血字的研究》以后，一共写了68本以福尔摩斯为主角的侦探小说，以及多本科幻小说、冒险小说、历史小说、剧本等。这位英国小说家笔下的"福尔摩斯形象"，几乎让全世界家喻户晓，英国女王（1837—1901 在任）维多利亚（1819—1901），也因此授予了他爵士称号。

说到退稿，这里还有一个大作家的睿智幽默故事。

西奥多尔·冯塔纳（1818--1898），是 19 世纪德国著名的小说家，也当过战地记者和编辑。

冯塔纳在柏林当《十字架报》编辑的时候，有一天一个青年寄给他几首拙劣的小诗要求发表，并附信说："我对标点符号向来是不在乎的，请您帮助填上吧。"

冯塔纳

冯塔纳很快给那个青年退了稿，附信说："我对诗向来是不在乎的，下次请您只寄些标点符号来，诗由我自己来填好了。"

标点符号的故事还有一个。2007 年 1 月，英国贝德福德郡警察分局局长盖里·威德尔发现，44 岁的妻子、护士桑德拉红杏出墙。他残忍地掐死了妻子，并用一根电线将她的遗体吊在车库中，造成自杀的假象，又伪造了一份"自杀遗书"，企图蒙混过关。尽管谋杀现场没有任何证据能指证威德尔谋杀了妻子，但英国警方法医语言学专家约翰·奥尔森却根据"语言学指纹"——"自杀遗书"上的一个句号，确认桑德拉死于威德尔之手。2009 年 7 月 3 日，英国《每日邮报》披露了这个破案消息。

"口讲不如身讲"
——梁思成展示少女身段

"我是'无齿之徒'!"

一位大学老师走上讲台。讲课一开始,他二话不说,就是这么"秃头秃脑"的一句。

讲台下的人霎时目瞪口呆——还没听说过有人会主动贬低自己,并且是在公开场合,更何况讲台上站的老师是"重量级"的人呢。

说了一句"我是'无齿之徒'",怎么就贬低了自己呢?

原来,"齿"和"耻"同音,他们都以为老师说的是大家常说的"无耻之徒"——哪里会想到有"无齿之徒"这个词呢?

"老师怎么会是'无耻之徒'呢?"大家议论纷纷——"丈二和尚"们始终没有"摸着头脑"。

"是不是有点随随便便,哗众取宠啊?"有人暗自沉思。

…………

老师不慌不忙地继续说:"我的牙齿没有了,后来在美国装上了这副假牙。因为上了年纪,所以装的不是纯白色的,而是略带点黄色,因此看不出是假牙,这就叫作'整旧如旧'。我们修理古建筑也要这样,不能'焕然一新'……"

"啊,原来如此。"台下的人终于"摸着头脑"了。

原来,老师是在用比喻,非常形象、透彻地来讲维修工作与保护古建筑的关系——这次讲座本身,就是一次古建筑维修方面的专门学术讲座。

热烈的掌声响起——老师的讲演赢得满堂喝彩。

做这次讲座的老师，不是别人，就是中国建筑学家、建筑史学家梁思成（1901—1972）——中国近代大学者、资产阶级启蒙宣传家梁启超（1873—1929）的长子。

梁思成是中国建筑界的一代宗师，因为他对中国建筑业的卓越贡献，受到海内外人士的敬重。同时，出身名门、家学渊源、学贯中西的他，作

梁思成

为我国早期的建筑教育家，十分重视对学生的启蒙教育。他讲课幽默诙谐、生动有趣、形象直观，便于学生理解和记忆，留下了许多佳话。下面就是他的学生回忆的又一次精彩讲课。

一个"古希腊少女"出现在大学讲台上，学生们笑得前仰后翻。

原来，这个"古希腊少女"，是梁思成在讲西方建筑史的一节课上的一个造型。他把雅典卫城中伊瑞克提翁神庙的女神柱廊上的女神雕像，和中国古建筑中的力士雕像进行对比，来分析中西方文化的不同。为了便于学生理解，他在讲台上像演员一样，自己模仿了一个悠闲自若、亭亭玉立的少女姿态，接着又做了一个骑马蹲裆式、咬牙切齿举千钧的力士姿态。他"口讲不如身讲"的"亮相"，引得哄堂大笑，给学生们留下了极为深刻的印象，终生难忘。

在20世纪50年代的一节课上，梁思成讲到了北京城的前身——金朝的中都。他引述了一段趣闻，说金朝第六位皇帝（1189—1208在位）金章宗完颜璟（1168—1208），有一天和他的妃子一道散步，两人坐在一个土丘上，金章宗看见眼前的景色，"'联'兴大发"，出了一句"二人土上坐"的上联。这句上联，既抒写了当时情景，又表述了两个"人"字放在"土"上就是"坐"字。这是一种拆字格的对联，很难对。

那个妃子却应声答出了下联："一月日边明"。这句下联，既说出"日"和"月"组成"明"字，构成工整的拆字格对仗，又贴切地点

出自己在皇帝身边"如月伴日"的亲密和祥瑞，实在是难得的绝妙对联。

学生们陶醉在梁老师那诗情画意般的故事中，但同时又不明白老师讲这个故事的用意。

正在学生们迷惑不解的时候，梁思成说，一位少数民族的皇帝和宫妃，能进行如此高水平的应对，说明这个民族汉化程度之深。由此，不难推想金朝中都的规划、建设必然是承继汉文化的传统。至此，学生才明白老师讲这个故事的深意，同时领悟到老师讲课的精辟、深刻、睿智、生动。

梁思成的生动幽默不仅表现在课堂上。

一次，他的学生在建筑设计图纸上注的字太靠近屋脊了，他就打趣地说："你看，你修的房子上站了一排'乌鸦'。"

梁思成正是机智地用各种生动幽默的形式，为祖国启蒙了一批又一批建筑学界的精英。

"照本宣科，满堂灌，处处讲，独角戏，包公脸，旁观者，催眠曲。"这是当今从事"应试教育"的个别"22字教师"的"生动"写照。

那么，我们的教师，可以从梁思成充满睿智的教学方法中学到点什么呢？

"学生考先生"
——茅以升的教学睿智

中国传统的教学方法是：老师讲，学生听；老师问，学生答。类似的情况也出现在家长和孩子之间。

1921 年，中国科学院院士、桥梁学家、工程教育家茅以升（1896—1989）在美国获得卡内基大学博士学位回国以后，应工程教育家、母校唐山工业专门学校教务长、他的老师罗忠忱即罗建侯（1880—1972）的邀请，回唐山母校教结构学、土力学、桥梁设计和桥梁基础等课程。

茅以升

开始，茅以升也是采用传统的教法，在 50 分钟的一节课里，前 10 分钟复习旧课，通过先生问学生的方法，了解学生的学习情况。后 40 分钟讲新课。

茅以升当初也是根据学生回答的好坏打分。可是，经过一段时间，茅以升却"见势不妙"。原来，学生怕答不上来，因此前三排都没有学生敢坐，后面的学生在老师提问时都用书遮着脸；并且，通过提问的方法，不一定能全面了解学生掌握知识的情况。

怎么办呢？茅以升不愧是著名的教育家。经过仔细摸索和思考，后来他改用"学生考先生"的方法。前 10 分钟，指定学生向老师提问题，根据学生提出问题的深浅来打分。通过这种方法来调动学生的积极性，让学生开动脑筋，多看书，多钻研。后来，学生竞相向老师提问题。于是难题、怪题一个接一个提出来，逼得老师"应战"，这达到了"教学相长"的目的。有时，老师也被问着了——老师的"愚蠢"被"曝光"，但同学们却更爱自己的老师了。

学生对茅以升这种"学生考先生"的方法很感兴趣。茅以升摒弃灌输式的教学方式，而采用启发式的教学方式，所以他讲课深入浅出，形象生动，学生爱听，也容易听懂。

茅以升还在教桥梁工程课时，实行开卷考试，让学生到实际中考察桥梁，做出桥梁设计方案。

后来，茅以升回忆说，我是从中获益匪浅哪！

中国著名教育家、民主革命家陶行知（1891—1946）先生，也亲自听过茅以升的课。他听了之后深有感触地说，这的确是崭新的教学方法，开创了我国教育事业的一个先例。

那么，我们的教师，是不是可以从茅以升的教学法中学到点什么呢？

不只是教师可以学习茅以升的睿智，家长也可以"活学活用"。下面就是一个发生在 21 世纪初的真实故事。

陶行知

一个姓包的目不识丁的农民，他的大女儿考上了成都的一所外国语大学，小儿子考上了北京的一所理工大学。

于是，有人就对这位黑黑瘦瘦的农民有了兴趣："你用什么好办法教育孩子呢？"

"我的办法跟别人不一样，不是我教孩子，而是让孩子教我。"包姓农民笑了一笑说。

"让孩子教你？"

"是呀，我小时候穷得读不起书，要指望我教孩子，那只能是笑话，但由着他们瞎混，我又不甘心。想来想去，就想了一个办法——他们每天从学校回来，我都让他们把老师讲的跟我讲一遍，然后他们在那里做作业，我也在旁边做作业，我弄不懂的就找他们问，他们弄不懂的就找老师问，这样他们又当学生又当老师，学习的劲头不知有多大……"

这样，这位农民也变成了一个有知识有文化的人，种的田赚的钱也比别人多……

其实，学生不只是要"学"，还要"问"，这样才能"有学问"。李政道给中国青少年的题词就简洁地给出了说明："求学问，需学问；只学答，非学问。"这和茅以升的教学思想异曲同工。

这样克隆"特洛伊"
——英国军官智逃虎口

"请问太太，收藏古董的马丁先生在这里住吗？"20世纪的一天上午，法国巴黎。一辆装着一个精致橱柜的马车上走下来几个人，其中一个人这样问房东——一位老太太。

"是的，但不巧，他外出旅游去了。"房东太太回答后又反问，"请问几位找他干什么？"

"我们是来送马丁先生定做的橱柜的。啊，真不幸。我们只好把它抬回去了。"其中一个人回答。

"咦，我们不是可以把橱柜放进马丁先生的房间吗！"另一个人接话了。

…………

就这样，好心的房东用钥匙打开了马丁的房门，让他们把精致的橱柜放进了马丁的房间。然后，锁上房门，这几个人也随之离开了。

"太太，对不起，我们弄错了！橱柜确实是马丁先生定做的，但不是这个马丁先生，而是另一条街的马丁先生。"这天下午，这几个人又来了，其中一个人这么说。

房东太太无话可说，只好再次打开房门，让他们抬走上午抬来的橱柜，然后再次锁上房门。

两天之后，马丁回来了。打开房间之后，他被惊得目瞪口呆——大多数珍贵的古董不翼而飞！

"太太，这是怎么回事？"

"是啊，是怎么回事呢！钥匙没离过身，他们两次进房间都没离开过我的视线。"房东太太把两天之前发生的事原原本本地告诉马丁之后回答。

是啊，这是怎么回事呢？在回答这个问题之前，我们还是先来看看古希腊神话吧！

《希腊神话与传说》一书中"特洛伊木马"的故事已经家喻户晓。

特洛伊木马

在距今 3 000 多年以前，古希腊有一个绝代美人海伦——斯巴达国王的妻子。海伦被特洛伊王子帕里斯拐走以后，希腊人与特洛伊人进行了攻守城的"特洛伊战争"。希腊人 10 万大军围困特洛伊城 9 年，虽双方均死伤无数，但仍不分胜负。

在围城的第十年，足智多谋的奥德赛想出一条妙计：让士兵做成足以容纳 30 名全副武装士兵的中空木马。木马装有轮子、底座，故意造得又高又宽，难以通过特洛伊城的任何一个城门。木马造好之后，古希腊军队佯装退兵，登船驶向大海，留下了藏在马腹中的 30 名士兵和 1 名假装的逃兵。逃兵向特洛伊人告密，说木马是古希腊人留下来祭神的，只要特洛伊人把它拖进城里，幸运就是他们的。

特洛伊人欢庆战争的结束和他们的好运。由于坚信木马会使他们的城市坚不可摧，特洛伊人拆掉了一段城墙，将木马拖到雅典娜神庙前的院子里。

得到献神的宝物，满城的人以为从此太平无事了。

就在当天深夜，古希腊人里应外合攻破了特洛伊城，夺回了海伦……

现在，我们已经找得到前面"珍贵的古董不翼而飞"的原因了——大橱柜内藏着一个盗贼的同伙……

这几个盗贼"克隆"的特洛伊木马计，用的是"三十六计"中的"瞒天过海"。

瞒天过海的特洛伊木马计，闪烁着人类智慧的光芒，体现了"兵不厌诈"。在第二次世界大战中，它也被英国军官"克隆"过。

1943 年，两名英国皇家空军军官和一名陆军军官，被关在德国纳粹的第三战俘集中营。他们准备挖掘一条狭窄的地道逃离集中营。当然，在戒备森严的集中营里如此"胆大妄为"，确实"难于上青天"。

最能迷惑哨兵的是，这条地道并不是从他们居住房间的火炉下面坚硬的地板开始挖掘的，也不是从任何其他的永久性建筑的地面上开始挖掘的。这条地道开始于露天，距离电网不到 40 米处。

他们制造了一只用于练习跳跃的木马，它有 1.38 米高，基座长1.5 米，宽 0.9 米。木马造好以后，就放在酒吧里，德国人时不时地会去检查一下。

在第一个星期里，战俘像使用其他普通的木马一样使用它。有些人每天自愿花上两个小时进行跳马练习，时时故意当着哨兵的面把木马撞倒，以表示没有人藏在里面。几天之后，他们在练习区挖了两个跳坑，表面上是便于跳跃练习者"着陆"，实际上是为了确保木马每天都固定在同一个位置。

一周以后，哨兵已经对木马习以为常。每当要进行跳跃练习的时候，一开始是一个，后来是两个挖掘者藏在木马中被带出去。一旦木马就位，跳马练习开始，他们就藏在其中开始挖掘。

在跳马练习结束，木马挪开之前，地道的入口用松软的木板盖上，并盖上灰沙，使其与周围的泥土相似。挖出的泥土用旧裤子扎住裤管做成的袋子运走。

经过 4 个月的挖掘，3 名英国军官通过地道逃离了集中营，回到了英国……

当然，在第二次世界大战中挖地道逃离集中营的，远不止上面的一例。被誉为"第二次世界大战最牛战俘"的英国飞行员约翰·范西

（1913—2008）是又一例。因飞机在法国色当市附近执行任务时被击落，他在1940—1945年当了德国纳粹的战俘。在这5年中，他先后被关押在4处战俘营，至少挖了8条地道，让数十名战俘逃生，被人们称为"鼹鼠"。

现在，"原汁原味"的特洛伊木马，依然昂首挺立在土耳其达达尼尔海峡岸边一个叫作"希萨立克"的小山岗上，吸引着世界各地的游客。

特洛伊木马彰显了人类的智慧，成为人们乐此不疲的话题。

2004年，美国首都华盛顿市市长（1999—2007在任）安东尼·艾伦·威廉姆斯（1951—　）宣布：世界上最大的间谍历史博物馆——美国间谍历史博物馆在当年7月19日正式向公众开放，其中就有复制的特洛伊木马。

在北京郊区丰台区大葆台的"北京世界公园"内，你也能找到特洛伊木马的"中国造"。

在"木马智慧"的照耀下，我们的思想似乎插上了双翅，"天马行空"地驰骋在广阔无垠的科学天地之间……

田忌赛马对阵国王
——孙膑何能以劣胜优

"快！快！……"

"好！好！……"

……………

赛马场上加油声、喝彩声接连不断。

中国战国时代的中期，齐国国王（公元前356—前320在位）齐威王田因齐（公元前378—前320）派田忌为先锋，攻破北邻燕国，得到了燕国的大量好马名骥。

齐威王爱好骑马射箭，经常喜欢和别人比赛。由于他的马好，所以"十有八九"能赢。

一天，齐威王忽然又心血来潮，要和田忌在泰山脚下的狩猎场赛马。规则很简单：各出上、中、下马一匹，采用三赛两胜制比速度。为了鼓励田忌，齐威王还以1 000两黄金作为赌注——每有一匹马取胜可得1 000两，每有一匹马落后要付1 000两。

田忌无奈地答应了。但是，对于胜负，大家都是"哑巴吃汤圆——心中有数"。因为齐威王的三种马都分别比田忌的马要好，所以以前和国王比赛过多次，都输了。

这次怎么才能赢呢？

田忌回到家里，把这事告诉给了齐国军事家、兵法家孙膑。

孙膑起初在魏国做官，后来为了躲避名利熏心、阴险狠毒的魏国名将庞涓对他的迫害，从魏国秘密逃回齐国。田忌早就知道孙膑为人

忠厚，精通兵法，打心眼里敬佩，就让
孙膑住在自己家里，当作最好的客人招
待，请他当了参谋。

孙膑给田忌面授机宜："……这样……"

孙膑听了之后，给田忌面授机宜：
以下马对齐威王的上马，上马对齐威王
的中马，中马对齐威王的下马。

比赛开始了。田忌按照孙膑的主意
准备妥当，然后，催马上阵，挥臂拉弓，
与国王一来一往，争强斗胜。

这样，观看的人就有了前面的助威喝彩声。

结果田忌以三战一负二胜获得胜利，
净得 1 000 两黄金。

田忌的胜利出乎齐威王的预料，他感
到很奇怪。就问田忌，这次他是怎么取胜
的。田忌就说出了是孙膑给他出的主意。

国王听了之后，连声称赞孙膑有智
谋。从此，齐威王大胆重用孙膑，让田
忌、孙膑统领齐国大军。

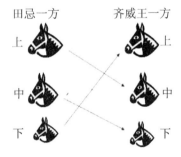

田忌赛马：田忌 2 比 1 胜齐威王

这就是记载于司马迁所写中国古书《史记》中著名的"田忌赛
马"的故事。孙膑用的方法，叫博弈论方法。

有勇有谋的孙膑著有《孙膑兵法》，是著名的《孙子兵法》——
中国古代最著名的兵书——的作者、春秋末年的军事家、兵法家孙武
（约公元前 6—5 世纪）的后代。他的名字中的"膑"，来源于古代的一
种刑法——膑刑。所谓膑刑，就是把膝盖骨挖掉。

庞涓和孙膑本来是向谋略家鬼谷子老师学习兵法时的"同窗学
友"，但庞涓意识到他的才能比不上孙膑，就利用他担任魏国国王（公
元前 369—前 319 在任）魏惠王姬罃（公元前 400—前 319）的将军时
的权势，对孙膑使用了膑刑。上面说到的庞涓对他的迫害，就是指这

件事。

田忌和孙膑的胜利，除了给我们启示，还给我们现代体育比赛敲了"警钟"。

如果规则有漏洞，就可能会出现"体育田忌赛马"——稍弱的队会战胜稍强的队而失去公平，所以比赛的组织者应制定合理的规则。此外，如果参赛队某一方的"孙膑""排兵布阵"失误，就会"满盘皆输"。

孙武

为了防止这种田忌赛马式的不公，在羽毛球的团体比赛中，国际羽毛球联合会制定了只能用"上马""中马""下马"，分别与对方的"上马""中马""下马"对阵的规则；而谁是"上马""中马""下马"，不是自己说了算，而是按历次比赛成绩的"积分"高低排列。在乒乓球比赛中，则通常采用出场运动员顺序抽签制。

孙膑

为了避开对方对己方的"克星"选手，有时并不让己方最强的选手上场。比如，一般情况下双方都会派各自排名第一、第二、第三的选手上场；但是，如果对方排名第三的选手恰好是我方排名第三的选手的"克星"，而我方排名第四的选手，又恰好是对方排名第三的选手的"克星"，那么，我方就会派排名第一、第二、第四的选手上场。

当然，这是一个斗智的过程，因为对方的"孙膑"也会考虑同样的问题——"如意算盘"的珠子，从来都不是一个人拨的。

不过，在"孙庞斗智"中，获胜的总是"棋高一着"的智者。

猪死之后才做熏肉
——弗朗西斯·培根智拒匪徒

天，已经很晚了——整个城镇都已经进入梦乡。四周一片黑暗，只有英国著名哲学家弗朗西斯·培根（1561—1626）的窗前透出明亮的灯光。他总是工作得很晚，彻夜亮着灯，以至于行路人把他的灯光当成了坐标和路灯。

这样一来，灯光也给弗朗西斯·培根引来了麻烦。

有一天夜里，弗朗西斯·培根正在灯下写文章。突然，响起了一阵急促的敲门声。他以为是行路人来问路或者讨口水喝，就起身开了门。

想不到来的是一个不速之客，此人名

弗朗西斯·培根

叫荷克，是一名惯匪。法院正在对他进行侦讯、起诉，看来非判处死刑不可。

荷克半夜潜入弗朗西斯·培根家，是要他出面救自己一命："我的名字叫荷克（hog，意为"猪"），你的名字叫培根（bacon，意为"熏肉"），你一定要救我一命，因为我们——是'亲属关系'！"

"朋友，你如果不被吊死，我们是无法成为'亲戚'的，"弗朗西斯·培根笑着回答，"因为——猪要死后才能做成熏肉啊！"

弗朗西斯·培根主要是一个有着雄辩口才的哲学家，但是对自然科学也有不少新见解，特别是在实验科学方面。马克思称他是"英国唯物主义和整个现代实验科学的真正始祖",不少文献还把他列入数学家的行列。他的"知识就是力量"的名言,至今仍光芒万丈。

罗杰·培根

值得英国人骄傲的是,他们有两个闻名世界的培根,另一个是罗杰·培根(约1214—1294)。他和弗朗西斯·培根很相似:是一位有着雄辩口才的哲学家,也对自然科学有不少新见解——例如十分强调数学的重要性并用他雄辩的口才去宣传。

捞牛和捞炮
——从怀丙到任昭财

中国北宋时代（960—1127）的 1066 年，黄河爆发滔天洪水，把风陵渡附近的黄河浮桥冲断了，还把两岸桥墩上的四个大铁牛冲入河中。

原来，当时的黄河大桥是一座浮桥，浮桥搭在铁链上，铁链系在四只每只足足有几吨重的铁牛上。

洪水过后，官府要重修浮桥，因为缺少固定铁链的大铁牛，只得张榜悬赏千金招请能人到河底去捞那四只铁牛。

在当时没有现在这种大型起重设备的情况下，谁也没法把这么重的大铁牛打捞上来，所以难倒了"各路英雄"——几个月无人敢去揭榜。

我大中华毕竟是藏龙卧虎之地。突然有一天，一个北宋和尚——工程专家怀丙揭了榜。

"一个和尚想逞能？难道吃了豹子胆不成……"

"骑驴看唱本，还是走着瞧。"

……众人议论纷纷。

到了打捞铁牛的那一天，人山人海，好不热闹。

怀丙首先让人把两只大船并排拴在一起，一筐一筐地往船上装泥沙，直到装满后船被压得很低很低为止。

怀丙捞牛

然后，怀丙又叫人把船划到铁牛沉没的地方，把铁索的一端拴在一只铁牛上，把另一端拴在两船之间的木架上。当一切准备停当之后，就把泥沙一点点扔到河里，随之船也一点点自动上升，铁牛也被拉上来悬在了水中。

接着，大家把载着铁牛的船划到修桥处，让会潜水游泳的船工把许多绳索的一端分别捆在一只铁牛的不同位置上。随着怀丙"一，二，三"的号令，站在岸上或桥墩上的众人一齐用力拉那些绳索的另一端，水中的铁牛被拉出水面，安安稳稳地放到了桥墩上。

"好！好！"万众欢呼。

最后，解开拴住铁牛的铁索的那一端。重复以上过程，打捞和安放好了另外三只铁牛。

在这里，工程专家怀丙巧妙地把浮力作为"动力"，用到了替代法（用泥沙替代其他重物把船压低）、积零为整法（一筐一筐装泥沙）、化整为零法（把泥沙一点点扔到河里）。

今天，人们在打捞沉船时也仍然使用着怀丙的方法，只是把装泥沙的船换成了浮筒，船中的泥沙换成了浮筒中的水。

苏联于 1933 年打捞在 1916 年因为船长疏忽，在白海 25 米深处沉没的破冰船"萨特阔"号时，就采用了浮筒方法。系在沉船上的有 24 个（12 组）浮筒，每个 50 吨的浮筒长 11 米，直径 5.5 米，体积约为 250 立方米。显然，一个浮筒完全浸没在水中时能产生约 2.5×10^6 N 的浮力。减去浮

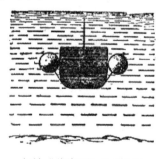

打捞"萨特阔"号示意图

筒的自重之后，24 个浮筒可以把 $200 \times 24 = 4\ 800$ （吨）的船打捞起来。潜水员系好打捞钢带后，将压缩空气压入浮筒，把浮筒中的水排出，它们受到的浮力就"轻轻地"把"萨特阔"号打捞了上来。

从这个打捞实例可以看出，现代打捞方法和怀丙距今近 1 000 年前凝聚聪明才智的打捞方法比较，虽然办法更加巧妙、设备更加先进，

但在利用浮力原理和其他方法上却异曲同工——这充分闪耀着我们的先贤的智慧之光。

用和怀丙捞牛类似的方法，在中国清朝的 19 世纪 70 年代，任昭财等水手也从温州附近七八十米深的海底打捞出 1 吨多的一尊大炮。此前，运载这门进口大炮的船在东海岸边遭遇台风沉没。